# 當代商神

## 1 脫穎而出

何常在——著

# 目錄
Contents

5

# 網路爭霸，商神現形

無名小卒要如何迅速致富？普通人要怎樣才能實現夢想？網軍、網紅當道，網路世界成為新一代商業戰場及平凡素人一展長才的平臺。

回溯十幾年前，當電腦對大多數人來說還是奢侈品、互聯網亦是一片荒蕪的年代，誰也不會想到短短十年的時間，人們的生活竟然徹底被電子產品攻陷，三C小物隨手可見。隨著賈伯斯發明「蘋果」，微軟的作業系統全面進駐各大企業，智慧型手機的逐漸普及，互聯網的巨浪隨之大舉來襲，雲端不再是指天上的白雲，菜市場亦可行動支付，在家上網購物早已是常態，電子商務更屢屢創下單日驚人業績量，過往科幻電影中的場景一一成為現實。人們早已習慣一切由電腦控制，生活中一日不能沒有網路，設想淘寶網、天貓及支付寶一旦當機，大陸十億人口生活將陷於癱瘓的恐怖景象！

當虛擬世界的競技化為真實商戰時，最大的贏家，正是那些掌握網速先機的卓見者，如「阿里巴巴」的馬雲、「騰訊」的馬化騰等。本書即是以馬雲、馬化騰、「百度」的李彥宏、「小米」的雷軍等互聯網重量級人物為原型，重現互聯網三大帝國的創業奮鬥史，想知道馬雲是怎麼創下資本額超過三萬億人民幣的阿里巴巴帝國？馬化騰又是如何創造排名全球第四大、僅次於谷歌、亞馬遜和E-Bay的騰訊集團?!

本書以網路世界締造的財富神話為主軸，詳細寫盡中國互聯網發展史，以及小人物在時代大潮中奮鬥搏擊的成名致富傳奇，全方位解密商界三巨頭發跡史以及互聯網大戰真相，可說是一部中國互聯網群雄爭霸的編年史，高潮迭起，精彩萬分，讀者絕對可由其中一窺全密！

# ◆楔子

二〇一四年九月十九日，「芝麻開門」成功在美國上市，首日開盤價為九十二點七美元，較六十八美元的發行價上漲了百分之三十六點三！

「芝麻開門」的市值高達兩千兩百八十五億美元，成為僅次於谷哥的全球第二大互聯網公司，而「芝麻開門」的創始人馬朵也一舉成為中國首富！

「芝麻開門」最高募集兩百五十億美元的資金，成為全球最大的首次公開募股，被稱之為史上最大ＩＰＯ（編按：Initial Public Offerings，首次公開募股），一舉震驚了世界。

然而在輝煌的背後，在紐約證交所敲響上市鐘聲的人並不是創始人馬朵，而是「芝麻開門」的八名神秘客戶。更讓人意想不到的是，馬朵在接受採訪的時候，在問到他最感謝的人是誰時，他說出一個他從來沒有在任何一個公開場合說過的名字……

「我能走到今天，最感謝一個人，他叫商深。」身為亞洲首富，被譽為改變世界互聯網格局的馬朵，無比恭敬地說道。

時間倒流到十年前，二〇〇四年六月十六日，「企鵝」在香港上市，發行價為三點七港幣，市值僅為幾十億港幣。上市之後，「企鵝」創始人馬化龍在一次採訪中聲稱，「企鵝」能夠在香港成功上市，能有今天的成功，他要感謝一個人。

當眾多記者追問馬化龍感謝的人是誰時，馬化龍微笑著回應：「十年後，如果『企鵝』的股價能夠飆升一百倍，我會告訴你們他的名字。」

二〇一三年八月，受微信發佈的影響，「企鵝」股價一路飆升，再創歷史新高，收在三百七十點八港幣，上漲百分之三，昨日收盤價也達到其二〇〇四年上市發行價的一百倍！

有記者想起了當年馬化龍的承諾，再次向馬化龍求證他想要感謝的那個人是誰，身為三巨頭之一、亞洲排名前八的全球十大ＣＥＯ的馬化龍，鄭重其事地說出他的名字：

「他叫商深。」

二〇〇五年八月五日晚，全球最大中文搜尋引擎公司「千方」在美國納斯達克上市，融資一點〇九億美元，刷新了之前中國互聯網企業海外ＩＰＯ融資的記錄。

「千方」的掌門人代俊偉在慶功會上，舉杯向一位特邀的嘉賓滿懷敬意地致意：「商深，如果不是你當初對我的提醒，『千方』也不會有今天的成就，謝謝你神一般的預言。」

時間再次來到二〇一五年，在「大稻科技」五周年的內部會議上，「大稻科技」的創始人歷隊無比感慨地說道：「時光如飛梭，歲月如炮彈，轉眼五年就過去了。五年時間，『大稻』從大稻手機做起，從零開始，從一無所有到現在估值五百億美元，有理由相信，『大稻』將會是繼『企鵝』、『芝麻開門』和『千方』之後的下一個千億市值的互聯網公司。我可以提供一個資料供你們參考，鴻海近年市值在三百億至四百億美元之間，全球員工超過一百五十萬人，以及擁有在大陸遍地開花的大型工廠，是不是想想都覺得可怕？但再一想，用時三十多年打造的全球最大工廠，市值跟我們成立僅僅五年的『大稻』相當，為什麼？因為我們始終有一個信念就是——昨天的我你愛理不理，明天的我你高攀不起！」

「十年後，『大稻科技』要做到世界第一，有沒有信心？有。因為商深對我說過，『大稻』做不到世界第一，就是失敗。既然商深說『大稻科技』可以做到世界第一，我就相信十年後的天下，肯定是『大稻科技』的天下。我相信我的能力，更相信商深的預言，因為商深的預言從來沒有失誤過一次！」

與會的眾人面面相覷，有著傳奇經歷、在短短三五年時間內創造一家市值超過五百億美元的大型互聯網公司的歷隊，在他們心目中就是神一般的存在，居然還有被他奉為神明的人……

商深到底是誰？

二〇一五年，中國富豪排行榜公佈，排名前十名的人有三人來自互聯網行業，分別是馬朵、馬化龍和代俊偉，其中尤以馬朵的財富增速之快，堪稱第一。

至此，中國互聯網三巨頭並駕齊驅，只用了短短十幾年時間積累的財富，就和走過了幾十年甚至上百年的房地產和製造業的大亨並肩而立，成功地傲立在時代的潮頭。

中國互聯網財富神話被馬朵、代俊偉和馬化龍三人推向了頂峰。其中馬朵個人財富高達兩百廿七億美元，馬化龍一百六十一億美元，代俊偉一百五十三億美元，用富可敵國來形容他們也毫不誇張。要知道世界GDP排名在一百名以後的國家，每年的國民生產總值都在兩百億美元以下！

有人甚至說過，互聯網被稱為史上最偉大的發明也不為過，因為互聯網不但顛覆了許多行業，也顛覆了人們的生活方式，更締造了前所未有的財富神話，讓許多出身貧微的草根借助互聯網的崛起之勢一飛沖天，創造了一個又一個激動人心的傳奇。

財富榜的創始人在一次接受採訪時透露，財富榜並不能真實地反映出世界首富的排名，因為有許多低調的超級富豪並不願意公開，他們的財富很隱蔽，也無法得知他們究竟有多少驚人的財富。或許在外界眼中，他們的財富只有十幾億美元，但十幾億美元只是露出海面上的冰山一角，至於海面以下的部分到底有多麼龐大，無人知曉。

就如美國的二十個超級家族一樣，他們實際掌控著美國的經濟卻不為大眾所知，中國也有類似的人物。當被記者追問這個人是誰時，創始人含蓄地一笑，並沒有正面回答問題，只說了一句話：

「能讓中國互聯網三巨頭同時感謝的人肯定不簡單，你可以研究一下他的經歷，或者可以從中發現一些有趣的事情……」

## 第一章

# 初試啼聲

商深緊鎖的眉頭慢慢舒展開來，他的雙手重新放到鍵盤上，
十指紛飛地敲擊鍵，足足敲擊了十分鐘終於停了下來，
臉上露出滿意的笑容：「驅動程式的原始程式碼丟失了一個字串，
我重新補上了，應該沒問題了。」

正午的陽光強烈而耀眼，站在陽光下，背著行李、戴著草帽的商深氣喘吁吁、汗流浹背。舉目四望，大街上只有三三兩兩的幾個人在樹蔭下無精打采地行走，時光彷彿被烈日烤得凝固了一樣，不再流逝，而是靜止在一九九七年七月的盛夏。

「石油部物探局怎麼會在德泉縣有一個儀表廠？」

穿著白襯衣黑褲子黑皮鞋的商深，邁出車站的第一眼，就對他即將工作的地方失望了，自言自語地說道：「還以為分配到石油部能留在北京工作，沒想到直接發配到了縣城，真是倒楣。」

縣城很小，一條大街貫穿了整個縣城，一眼就可以從西望到東，將縣城全景盡收眼底。坑坑窪窪的街道以及低矮、破舊的樓房，再加上塵土飛揚的道路，說是縣城，其實和鄉鎮區別不大。

商深瞇起眼睛，儘管陽光明亮，大氣晴朗，他的眼前卻一片迷茫。

沒想到，在互聯網時代即將來臨之際的今天，在許多ＩＴ人物開始嶄露頭角的現在，在距離北京僅僅一百多公里的德泉縣，居然還和上個世紀一樣落後而古老。

一九九四年是中國互聯網的開端，這一年，中國通過一條六十四Ｋ國際專線全功能接入了互聯網世界。這一年，中國科學院高能物理研究所設立了國內第一個WEB伺服器。這一年，中國大陸第一個BBS誕生。

到了一九九五年，馬朵就在杭州創辦了中國黃頁，到今年才短短兩年的時間，中國黃頁已經是中國最有影響力的網站之一。

一九九六年二月廿七日，外經貿部中國國際電子商務中心正式成立。一九九七年一月，人民網正式成立，同月，王陽朝在北京成立愛特信網站，六月，向落在廣州成立絡容網站，風起雲湧的一九九七年，大有中國互聯網山雨欲來風滿樓之勢。

心中默默回憶了一遍他所瞭解的國內互聯網的所有動向，商深努力昂起了頭，他在大學期間的志向，就是畢業後投身於火熱的互聯網事業中，成為緊緊抓住時代脈搏的一員，卻沒想到，他被分配到一個小縣城工作。

理想和現實總是有不小的差距，原以為被分配到石油部，學計算資訊系統工程的他，會留在部裡負責網路系統工作，調令下來後，他才知道他的工作地點是位於北京以南一百五十公里的德泉縣。

德泉縣隸屬於太行山東麓，河北省中部，屬保定市管轄，總面積七百二十三平方公里，人口三十多萬……心中默默回憶了一遍德泉縣的資料，一個才三萬人口的縣城，能有多大的發展前景？這麼一想，商深對未來更加灰心了。

不過，互聯網的世界，就是不論身在何處，都可以連接世界，如果儀表廠可以安排他負責廠裡的網路系統，他也就心滿意足了。

烈日炎炎，才在陽光下站了一會兒，就出了一身汗，商深擦了擦額頭上的汗，摘下草帽當扇子扇了扇風，雖然失望，但抱著既來之則安之的想法，整理了一下行李，邁步就要前往儀表廠報到。

才走兩步，身後忽然傳來一個女孩的聲音：「同學，請等一下。」是帶著南方口音的普通話，聽上去很乾淨很綿軟。

一個一身藍碎花白底連衣裙的女孩站在身後不遠的地方，她微顯瘦削，清秀亮麗，雙眼大而有神，眼珠漆黑如墨，小巧的嘴唇十分紅潤，膚色白裡透紅，綻放著青春的光澤。

陽光打在她的臉上，細小的絨毛和近乎透明的耳朵，以及裸露在外光潔如玉的小腿和腳上綠色的涼鞋，宛如一幅江南水鄉山水畫的美景。

商深愣了一愣，被女孩的美麗驚呆了片刻，微有失神。

「同學，同學……」

女孩抿嘴而笑，衝商深搖了搖手，她細長而白皙的手指在陽光下猶如美玉，「你也是來儀表廠實習的嗎？」

「實習？」商深才注意到女孩和她一樣，也帶了行李，笑著搖搖頭，「要是實習就好了，可惜的是，我是來工作的。對了，你叫什麼名字，哪個大學的？」

「先說你叫什麼名字，又是哪個大學的？」

女孩狡黠地笑了笑，歡快地跑到商深的身前，目光在商深的身上迅速掃了一遍，注意到商深手中很老土的草帽，眼中閃過一絲輕視的眼神，不過並沒有表露出來。

「看你的樣子，像是北京哪所大學的學生。」

「如何面對，曾一起走過的日子。現在剩下我獨行……」正是中午時分，大街上行人稀少，劉德華的聲音在炎熱的空氣中飄來蕩去，忽遠忽近，順著街道極目遠望，可以看到街道在地平線的消失處升騰的如同水波似的陽焰，縣城就如進入了午睡一樣沉寂。

商深被女孩敏銳的眼光驚呆了：「這你也能看得出來？我哪裡像是在北京上大學的學生？」

「哪裡都像。」女孩嘻嘻一笑，露出一對好看的虎牙，「同學，你到底是北京哪所大學的學生？還有，你的尊姓大名是什麼？」

商深揉了揉鼻子，幾分靦腆地嘿嘿一笑：「是不是我穿得很土，長得很一般，你才認為我是在北京上的大學？我叫商深，是人大的學生。你呢，是南方人吧？」

其實商深也就是穿得土一些，人長得不但不一般，相反，還有幾分帥氣。雖然不是一眼看上去就帥呆的類型，但他的長相確實不差，膚色不算白，卻也不黑，笑的時候，有點壞壞的感覺，還有幾分可愛，是個陽光型的男孩。

「猜對了，我來自南方，叫范衛衛，是深圳大學的學生，本來是來石油部實習，誰想到居然被派到了德泉，真是個落後貧窮的地方。」

范衛衛搖搖頭，一臉無奈，目光在商深的臉上停留了片刻，「一想到要在這裡實習一年，我都不知道怎麼熬過去。商深，你好歹也是名校畢業，怎麼不留在北京或者到南方闖蕩闖蕩，來一個縣城的儀表廠上班會有什麼前途？」

商深何嘗不想留在北京或是去南方闖蕩，問題是，他沒有選擇。他剛剛大學畢業，雖然被分配到部裡下屬的縣城工廠工作，至少擁有了北京戶籍，比起許多同學被分配到回家鄉的待遇，他也算是幸運兒了。加上家境不好，他不想離家太遠，留在北京可以方便回家照顧父母。父母含辛茹苦供他讀大學很不容易，他不能大學畢業了既沒有能力贍養父母，又沒陪在父母身邊，那樣就太不孝了。

「深圳大學？你來自深圳？」

一聽范衛衛來自開放的深圳，商深頓時眼睛亮了，「你聽說過馬化龍沒有？惠多網的馬化龍？」

雖然當時互聯網剛剛起步，但在圈子內，已經有幾個鼎鼎大名的人物，比如八達集團的張向西，比如中國黃頁的馬朵，比如愛特信網站的王陽朝，再比如深圳的馬化龍。

「沒聽過。」范衛衛搖搖頭，不明白商深說的馬化龍是何方神聖，不過她倒是知道惠多網，「我上過惠多網。」

「馬化龍是股霸卡的作者。」見范衛衛身在深圳卻連馬化龍都不知道，估計她不是狂熱的互聯網愛好者，商深也就不再繼續這個話題，不過還是補充了幾句，「馬化龍畢業於深圳大學電腦系，和你還是校友，在深圳的ＩＴ

圈內名氣很大，就和張向西在北京的ＩＴ圈內的地位一樣。」

不料他說完後，范衛衛還是一臉茫然，沒什麼反應，他只好搖頭笑了笑。

「你學的是什麼專業？」范衛衛背起行李，見商深發愣，不覺好笑，一推商深，「別站著了，趕緊去報到要緊，時間就是金錢！」

「資訊系統工程。」商深邁開方步，慢騰騰地走著，心中閃過驚訝，「時間就是金錢？這說法真新奇，我還是第一次聽說。」

「啊，不是吧？你連時間就是金錢都沒有聽說過？太落伍了吧？」范衛衛不敢相信地說，眼波流轉，飛了商深一眼，「怪不得都說內地城市和沿海城市相比落後至少二十年，我以前還不相信，現在可信了，就連你這個從北京名校畢業的高材生也才第一次聽到時間就是金錢的說法，這麼看來，我在這裡是真的學不到什麼了。」

范衛衛是土生土長的廣東人，從小在深圳長大，目睹深圳從一個小漁村變成繁華城市的神奇巨變，也經歷了開放思想的衝擊，對新事物、新觀念接受得很快。她家境不錯，爸爸經商，媽媽在政府機關工作，是既富裕又有社會地位的新貴階級。

在上大學前，她從來沒有離開過廣東，畢業實習的時候，她來到北京，想見識一下首都的氣象。不料卻被安排到德泉儀表廠，一聽說要到縣裡，她就不想來，是在媽媽的勸說下，才勉強答應的。

還有一個更重要的原因是，媽媽有意讓她畢業後留在北京工作，媽媽的觀念是，只有在北京才會有更大的發展前途。她只好抱著走一步算一步的想法來了再說。

走著走著，一粒石子硌了她的腳，她一時氣憤，飛起一腳踢飛了不長眼的石子。

范衛衛力氣不大，但事有湊巧，石子飛出之後，在空中劃了一個優美的弧度，越過十幾米寬的街道，飛到馬路的對面。

僅僅是飛到對面也沒什麼，如果落到地上，也許什麼事情也不會發生，然而石子在飛行了十幾米後，眼見就要墜落之時，卻偏偏落在路邊一輛馬車的輪胎上，借助輪胎的彈性，石子又躍上了天空。石子奮力一躍，飛起大概三五米高，在地心引力的作用下，又開始墜落。

商深和范衛衛在馬路對面，目睹石子落下又飛起的巧合都驚呆了，一動不動地望著石子躍過對面平房的房頂，然後又迅速地回落，就如欣賞一齣一波三折的戲劇。

見石子就要落地了，范衛衛長舒了口氣，手拍胸口說道：「嚇死我了，我還以為石子會飛到誰家窗戶，打碎誰家玻璃就麻煩了。」

話未說完，一人騎著自行車從旁邊的小巷中殺了出來，就在他轉彎的瞬間，正好和從天而降的石子迎面相遇，「哎喲」一聲，騎車人的腦袋被落下的石子擊個正著，他猝不及防被打得生疼，驚慌之下，再也掌握不住平衡，「撲通」摔了個仰面朝天。

「啊！」范衛衛嚇得失手摔落了行李，雙手捂嘴，驚惶失措道：「不好了，我闖禍了。」

真是出師不利，商深搖頭苦笑，一粒石子也能引發一樁慘案，巧合得太讓人無語了。

「我和你有仇嗎？」

騎車人從地上爬了起來，他年約五十歲出頭，戴一頂草帽，穿綠軍裝褲子，上身是一件洗得發黃的半袖白色襯衣，他一邊拍打身上的塵土，一邊氣勢洶洶地朝范衛衛和商深衝了過來。

「你們兩個娃子，打破了我的頭，誰也別想跑！說，是誰拿石頭扔我的？」

范衛衛嚇得瑟瑟發抖，一把抓住商深的胳膊，躲在他的背後，把頭埋在商深的肩膀上，別說勇於承認是她幹的壞事了，連頭都不敢抬。

「是我，大叔，真對不起，我不是故意扔你，是走路絆了一腳，踢到路上的石子，誰知道石子就飛了起來，正好砸到您的頭，真的對不起！」

商深毫不猶豫地挺身而出，擋在范衛衛的前面，替她承擔了全部罪責。

他見對方一副得理不饒人的氣勢，心想人生地不熟，還是三十六計走為上策為妙。

「范衛衛，等一下如果形勢不對，你別管我，趕緊跑，跑到工廠叫人來幫忙。」

商深先想好了退路，回頭小聲對范衛衛交代了一番，「記住，等下如果那個人動手打我，你就馬上跑，不要猶豫。」

「知道了。」范衛衛此時已經六神無主了，她長這麼大還從來沒有遇到過這樣的事，商深說什麼她聽什麼。

「對不起管什麼用，我的頭都破了。讓我把你的頭打破，我也對你說一聲對不起，成不？」

對方三步併成兩步來到商深面前，手裡還拿著一個扳手，高高舉起扳手，一副作勢要打的樣子。

商深嚇得不輕，卻沒有退縮，他不是不想退縮，而是無路可退，身後就是范衛衛，想退也退不了，只好硬著頭皮，強作鎮靜道：「我都道歉了，你還想怎麼樣？要不，我賠你錢。」

一聽有錢可賠，對方高高舉起的扳手停在半空，兩條濃密的眉毛凝成一團，咧嘴一笑，露出了一口黃牙：「就賠五十塊好了。」

「五十塊？」

商深差點沒笑岔氣，張大了嘴巴說：「賠你五塊都多了，就你頭上的傷，流那麼點兒血，五塊錢足夠包紮了，又不是打斷你的腿！」

「小子，說話注意點！」對方生氣地揮舞了幾下手中的扳手，「信不信我打破你的頭，再打斷你的腿？敢跟我較勁，知道我是誰嗎？我是畢工。」

作為外地人，又是初來德泉，商深當然不知道畢工是誰，他被畢工的咄咄逼人給惹怒了，脾氣上來，一挺胸膛道：

「我才不管你是什麼畢工，頂多賠你十塊，多了沒有。如果你還要，那乾脆你把我腦袋打破，再賠我五十塊好了！」

畢工愣住了，他被商深的氣勢震驚到，想了想，總覺得商深的話似乎哪裡不對，有耍賴之嫌，卻又無從反駁，明明是商深先打了他，他如果還手打了商深，反要再賠五十塊給他，繞了一圈，他頭上的血豈不是白流了？

那時五十塊可是不小的一筆鉅款，他雖然是工程師，一個月也才兩三百元的收入。這小夥子看上去挺質樸憨厚的，沒想到心眼挺多。

畢工抬手看了看手腕上的精工錶，想起他要辦的事情，沒時間再和商深糾纏了，就伸手一推商深：「廢話少說，不然賠我二十塊就放你走，否則，我打你一個頭破血流才算扯平。」

「不行，就五塊！」

商深才不捨得賠對方二十塊，他分配到儀表廠工作，一個月的收入才一百多塊，吃住再加上別的開銷，一個月能剩下二十塊就不錯了。

「要就要，不要你就砸我的頭。」

「哎呀，你這個後生娃真是要錢不要命呀。」畢工也火大了，一把揪住商深的衣領，「你打破了我的頭，還要跟我耍橫是不是？今天我就給你一個教訓，讓你記住做錯了事就得付出代價！」

其實商深不是耍橫，而是真的沒錢，在賠錢和頭破血流之間，他只能選擇後者。人窮的時候，一分錢難倒英雄漢，一點不假。

「住手！」

見商深為她出頭，馬上要被砸得頭破血流，范衛衛知道她再不出面就太沒道義了，便從商深的身後跳了出來，手中舉著一張二十元的鈔票，揚聲道：「不就是二十塊錢嘛，給你。早說賠錢就可以解決問題，也不用非拿一個鐵東西嚇人不是？」

「范衛衛，賠他二十塊太多了，他是訛人……」

商深心疼錢，就要奪過來，不料手慢了一步，畢工眼疾手快，一把搶了過去。

「二十就二十吧，我就吃次虧，看你們是外地人，就不欺負你們了。」畢工收起錢，轉身要走時，又順口說道：「算你小子走運，交了個有錢的女朋友。」

「她不是我女……」

商深還想解釋清楚，畢工已經騎上自行車，飛快地跑了。

「能用錢解決的問題就不是問題。」范衛衛又恢復了青春洋溢的神色，豎起大姆指道：「走吧商深，別愣著啦。剛才的事謝謝你，你為我挺身而出，寧可腦袋被砸破也不出賣我，夠男人。」

商深笑了笑，沒說話，心裡卻閃過一個念頭，范衛衛一個實習生拿出二十塊卻不當回事兒，肯定是家裡挺有錢。

將剛才的插曲拋到了腦後，二人安步當車，十幾分鐘後來到了儀表廠。儀表廠坐北朝南，白底黑字的木牌上是幾個隸書大字——石油部德泉儀表廠，由於年代久遠的緣故，有些地方都掉漆了，破舊的木牌露出斑駁的印跡。鐵欄杆大門也是鏽跡斑斑，下面還有蔓生的野草從磚縫中破土而出，呈現出一派荒涼、滄桑的景象。

對於從小生長在鄉下，見多了荒涼景色的商深來說，對城鄉之間的巨大差距早已習慣，所以見怪不怪了。

范衛衛就不同了，在見到工廠大門的那一刻，目光中就露出濃濃的失望之色，再看到門前的荒涼和衰敗，更是掩飾不住失落的表情：

「太落後了，早知道這樣我就不來了。商深，你真要在這裡待一輩子啊?你為什麼不去考公務員？」

「我想下海經商，以後的社會，會是一個商界精英和企業家影響時代發展的社會。」商深回道。

「你是技術出身，不適合下海經商。」范衛衛眼神中又一次不經意露出輕視之意，只是她善於掩飾，沒有被商深發現而已。

她對商深的商界精英和企業家影響時代發展的看法不置可否，「我看人很準，你最適合的工作就是當一名程式設計師。」

「是嗎？」商深信口無心地應付了一句，他的心思不在以後，而是在眼前，而且他的志向也不是當一名程式設計師，而是想投身到互聯網浪潮中開創一番事業。

「去報到吧，明天的事明天再說，今天的事今天解決。」

「人無遠慮，必有近憂，商深，你的目光應該放長遠一些。」

范衛衛雖然才廿一歲的年紀，不過舉手投足間總時不時流露出高人一等和見多識廣的優越感，在她看來，北方比南方落後太多了，哪怕是北京也是偏遠的內陸城市，比不了深圳得天獨厚的地理優勢，可以第一時間跟世界接軌。商深大學畢業，卻連時間就是金錢這句名言都不知道，可見和沿海城市相比，北京在接受新事物新觀念上面，至少要晚了好幾年。

報到的過程還算順利，在人事部門辦好交接手續後，又安排好了辦公室和宿舍——巧的是，商深不但和范衛衛同一間辦公室，而且二人的宿舍還緊緊相鄰。

辦公和住宿條件都一般，讓范衛衛很是不滿，無奈只能接受；商深卻覺得還算滿意，畢竟有個落腳之地，就不要要求那麼多了。

和兩人同辦公室的，是一位熱情的大姐，名叫杜子靜，三十五歲，長得眼大嘴大手大，加上微胖的體型，一看就是典型的熱心人。她是當地人，對商深和范衛衛的到來十分高興，拉著倆人的手說個沒完。

「小商呀，來到這裡，就是回到家，缺什麼就和我說，別不好意思，別跟大姐客氣，聽到沒？」

「衛衛，你長得跟電影明星似的，來我們這窮地方，一路上沒少受罪吧？瞧你這細皮嫩肉的，肯定沒吃過什麼苦。生活上有什麼困難，大姐幫你解決……」

「小商，你有對象了沒有？我有個妹妹也是剛大學畢業，在北京愛特信網站工作，收入挺高，長得不比衛衛差，要不要給你介紹介紹？不對，你和衛衛不是男女朋友吧？」

「衛衛，你跟大姐說實話，你是不是小商的女朋友？」

杜子靜的過於熱情讓商深和范衛衛有些受不了，范衛衛就是笑，不管杜子靜說什麼，一概不答。

商深卻鬧了個大紅臉，連忙擺手道：「杜大姐，我和衛衛剛認識，不是男女朋友，您可別亂說！我現在還不想交女朋友，不勞您費心了。呀，都十二點多了，該吃午飯了吧。」

「對對對，該吃午飯了，走，我帶你們去食堂。食堂條件雖然簡陋了點，不過飯菜還說得過去。」

杜子靜還是不肯放過商深，她看上了商深的純樸和憨厚，怎麼看怎麼覺得商深可靠，希望商深可以成為她的妹夫。

「中午我們不在食堂吃飯了，出去吃，順道熟悉一下環境，謝謝你杜大姐。」范衛衛不管杜子靜是不是願意，拉著商深逃出了辦公室。

縣城不大，總共也沒幾家飯店，范衛衛和商深轉了半天，才算找到一家還算乾淨的店，飯店的名字也起得很有意思，叫「吳家那」。

范衛衛是南方人，吃不慣北方飯菜，簡單吃了幾口就飽了；商深卻是餓了，吃了不少。本來商深想買單，結帳的時候，讓范衛衛搶先一步。

「別跟我客氣，不就是一頓飯嘛，和一頓飯比起來，你為我挺身而出，相當於救命之恩了。」

范衛衛露出俏皮可愛的虎牙，站在飯店門口伸了伸懶腰，纖細的腰身和完美的手臂在陽光下就如隨風搖曳的柳枝。

「別這麼說，這麼說就見外了，再說什麼救命之恩，就是你不當我是朋友……」商深憨厚地笑道。

忽然他笑容凝固了，不遠處有兩個人走了過去，其中一人穿著打扮明顯來自城裡，戴著金絲眼鏡，西裝頭梳得一絲不亂，大熱的天氣，西裝畢挺不說，還打了領帶，手裡拎著個公事包。他一眼就可以斷定，金絲眼鏡男不是來自香港就是來自臺灣。

怪事，小小的縣城怎麼會有香港或是臺灣來的客人?!

不過讓商深震驚的不是金絲眼鏡男的出現，而是和金絲眼鏡男並肩而走的男人，正是和他起了衝突，險些和他打得頭破血流讓他賠五十塊的畢工！

人生無處不相逢，還真是冤家路窄。商深轉念一想，縣城本來就很小，再遇到的可能性很大，也沒什麼值得大驚小怪的。遇到就遇到吧，反正已經賠錢了，還能和他沒完了不成？

范衛衛也發現了畢工的身影，先是愣了愣，然後不以為然地說：「不過是個見錢眼開的窮鬼，商深，不用怕他，大不了再給他二十塊打發他。」

商深雖然不恥畢工訛詐的行徑，但也不喜歡范衛衛金錢萬能的理論，忍不住說了句：「錢不是萬能的，世界上總有許多用錢解決不了的問題。」

「金錢不是萬能的，但沒有錢卻是萬萬不能，嘻嘻。」范衛衛沒和商深辯論，嘻嘻一笑，一拉商深的胳膊，「走啦，回廠裡。」

范衛衛習慣性一拉，沒注意到商深的胳膊朝前一伸，她本來是要拉商深的胳膊，卻拉住了商深的手。

拉手和拉胳膊是完全不同的感覺，入手後她才感覺到不對，臉一紅，迅速鬆開了手，跑開了。

感受到觸手可及的溫滑，商深心中也是瞬間閃過一絲異樣的感覺，范衛衛的背影在陽光下就如一株生動飽滿的向日葵，尤其是她的羊角辮因為跑動時的扭動而晃來晃去，配合她飛揚的裙擺，就如一首在陽光下跳動的詩歌。

真好看……商深深吸了一口氣。范衛衛身材好，性格開朗，人也大方，似乎沒有缺點，如果真的可以追到范衛衛當他的女朋友，也是人生的一大勝利。

不想了，商深又搖了搖頭，想也沒用，他和范衛衛距離太遠，不管是天南地北的空間距離和巨大的貧富差距，還是生活習慣的不同，都是橫亙在他和范衛衛之間不可逾越的大山。

回到廠裡，剛推開辦公室的門，就聽到杜子靜誇張而響亮的笑聲。

「哈哈哈哈，真的呀衛衛，你真的確定要和商深交朋友了？也太快了吧？不過想想也可以理解，一見鍾情對吧？你們現在的年輕人可比我們以前開放多了，也敢愛敢恨多了……好吧，既然你喜歡上了商深，我就不給商深介紹我妹妹了，其實我妹妹杜子清長得不比你差，而且說實話，她比你胸還大。」杜子靜聽到門響，一抬頭見商深進來了，笑得更響了，「恭喜你呀小商，剛來報到就撿了一個漂亮的女朋友，你可真有福氣。」

和口無遮攔的杜子靜相比，商深還是純情靦腆的純真青年，頓時臉紅了：「杜大姐別開玩笑了，我和衛衛是純潔的友誼關係。」

「還純潔？不是手都拉過了？」

杜子靜掩嘴一笑。可惜她不是風擺楊柳的身姿，一隻比商深的手還要大上幾分的手掌掩蓋在大嘴上，頗有幾分讓人啼笑皆非的滑稽。

「嗯……」怎麼范衛衛什麼都和杜子靜說啊，范衛衛說要和他交往，到底是真心話還是故意逗杜子靜或是逗他的？商深臉更紅了，不好意思地撓了撓頭，「我們……」

「哎喲，一個大男人還臉紅，真是稀罕！衛衛，臉紅的男人都是可靠的好男人，你可得抓住了。」杜子靜越看商深越是喜歡。

本來范衛衛對商深只有好感沒有喜歡，她初來德泉，人生地不熟，放眼望去，又都是和她沒有共同語言、層次相差很多的鄉下人，自然和從北京來的商深走得近些；更何況，商深剛才為她挺身而出，不怕頭破血流也要保護她的男人氣概讓她十分感動，心裡除了好感之外，又對商深多了份感激。

有時候人的感覺就是很奇怪，明明只是好感，但在旁人的調侃玩笑中，便由好感慢慢變成了喜歡。她低頭偷看了商深一眼，果然如杜子靜所說的一樣，商深臉紅得像個蘋果，她對商深的感覺又複雜了幾分，心中對商深隱約有了一絲說不清道不明的感覺。

杜子靜的話一說完，商深手足無措，不知道說什麼好，范衛衛也是羞不可抑，低下了頭，不說話，也不敢再多看商深一眼，一時間氣氛就有幾分壓抑和尷尬。

「匡噹」一聲，門被人從外面撞開來，一個人風風火火闖了進來，打破了房間中的沉默。他進來之後，掃了一眼房間中的三個人，目光最後定格在杜子靜的身上。

「杜子靜，工具箱在哪裡？」

杜子靜是辦公室的負責人，負責保管辦公用品和公共財物。

「在桌子底下……畢工，專家請來了？」杜子靜用手一指商深的座位。

「啊！」

「啊！」

商深和范衛衛同時驚呆了，來人不是別人，正是和他們起衝突、讓他們賠了二十塊錢的畢工！還真是冤家路窄！

「怎麼是你們？」

畢工這才發現多了兩個人，等他看清是誰時也愣住了，哈哈大笑道：「怎麼，跑廠裡找我來了？行呀，是送錢還是讓我打破腦袋？不過我現在沒時間和你們計較，我忙著處理大事，不和你們兩個小屁孩一般見識。」

「畢工，你認識商深和衛衛？」杜子靜看出端倪，眼睛轉了幾轉，「是不是你們有什麼誤會呀？都是一家人了，有什麼誤會也別放在心裡，一家人不說兩家話，是吧？」

「一家人？」

畢工瞇著眼睛，他的臉由於過於乾瘦而顯得顴骨突起，眼窩深陷，就顯得頗有幾分陰冷之意，「啊，我想起來了，說是有個北京來的大學生來廠裡上班，還有一個深圳來的大學生過來實習，這麼說，就是你們倆個了？」

「哼！」范衛衛扭頭過去，她對畢工的行為耿耿於懷。

「畢工好。」商深靦腆地笑了笑，畢恭畢敬地說道：「失敬失敬，剛才的事是我們不對，您別放在心上。不打不相識嘛，以後還請您多多關照。」

商深看出來，杜子靜對畢工的態度相當恭敬，說明畢工在廠裡是個有分量的人物，從畢工的稱呼可以推斷，他必定是廠裡排得上號的工程師之一，就算不是總工程師，八成也是副總工程師之一。他心裡一沉，怎麼這麼倒楣，還沒正式上班就得罪了廠裡的元老。

不料畢工卻只是撇了撇嘴，沒再理他，彎腰到桌子下面去拉工具箱。

商深忙讓到一邊，伸手要幫忙，卻被畢工推到一邊，不滿地瞪了商深一眼：「一邊兒去，別添亂！」

范衛衛得意地看了商深一眼，眼神中流露出戲謔和開心，言外之意是：你真是自作多情，和一個不講理的鄉巴佬客氣什麼，一個二十塊錢就可以打發的人，不值得尊敬！

商深卻不管范衛衛的嘲諷，也不在意畢工對他冰冷態度，替畢工拉出了工具箱，主動拎在手裡，笑眯眯地道：「箱子挺沉，我來拎……去哪裡？」

畢工想說什麼，見商深笑得很陽光很燦爛，伸手不打笑臉人，話到嘴邊又咽了回去，心想既然有人代勞，他正好樂得輕鬆，就低頭朝外邁步：「跟我來。」

「哎……」杜子靜喊住了商深，欲言又止，「小商，你的工作是負責辦公室的事情，不是……」

商深聽出杜子靜是提醒他不要多管閒事，維修不在他的職責範圍內，當然，杜子靜的提醒之中有沒有不願意讓他和畢工走得太近的含義，就不得而知了。

「別那麼多廢話，杜子靜。」畢工冷冰冰扔下一句，頭也沒回，推門出去了。

商深朝杜子靜點了點頭，拎著箱子跟了出去。范衛衛稍一遲疑，也一路小跑跟了出來。

「為什麼要理他？」范衛衛亦步亦趨地跟在商深身後，小聲道：「就算他是總工，你也不歸他管，他還能對你怎樣？退一萬步講，他真能管你又怎樣？如果他非要無理取鬧，處處刁難你的話，大不了辭職走人！都什麼年代了，誰還非得一棵樹上吊死？」

箱子挺沉，不知道裡面裝了什麼，商深單手拎著很是吃力，故作輕鬆地笑笑說：「與人方便自己方便，既然是新人，多出些力氣，手眼勤快些總沒錯不是?!還有，我一直相信一個道理……」

「什麼道理？」范衛衛飛了商深一眼，眼神中有責怪，有不滿，也有好奇和疑問。

她嘴角上翹，彎成一個好看的弧度，就如一道彩虹點綴在明淨的天空，一剎那的風情閃過，瞬間點亮了商深的眼睛。

商深在北京上了四年大學，不提同校的女生，就是外校的女生也見過不少，其中比范衛衛漂亮的不在少數，但如范衛衛一個眼神一個微笑都充滿嫵媚味道的，他還從來沒有見過。

有些女孩因過於矜持而失去了應有的活潑之美，有些女孩又因過於奔放，而失去了應有的含蓄之美，范衛衛卻是該矜持的時候矜持，該奔放的時候奔放，把活潑和含蓄之美拿捏得恰到好處。

「咳咳……」商深假裝咳嗽，用來驅散心中的不安和胡思亂想，他收回日光，一本正經地說道：「要善待你遇到的每一個人，因為你不知道你遇到的哪個人會改變你一生的命運。」

「這是誰的名言？」范衛衛一根手指放在腮上，微笑，沉思。

「我的。」商深哈哈一笑。

「討厭！」范衛衛被氣笑了，一笑，雙眼中升騰起似煙似霧的朦朧神色，如兩個讓人不能自拔的漩渦，「你又不是名人，你的話才不是名言。」

「哪個名人天生就是名人？說不定有一天我也會成為名人，到時，我的話就都成了名人名言了。」商深的目光從范衛衛的臉上收了回來，他怕看久了會陷進去。

「哈哈，你可真自戀。」范衛衛笑得更開心了，「你現在在一個貧窮落後的小鎮上一個名不見經傳的儀表廠，還是個什麼都不是的無名小卒，在連溫飽還沒有解決的時候，就做著不切實際的名人夢，商深，你的志向還真的挺遠大的。」

商深豈會聽不出范衛衛話中的反諷，不過，誰也不能阻擋他想要飛翔的夢想，互聯網就是他的翅膀，他才不會生氣。

「就算是一顆露水也可以閃爍太陽的光芒，就算是一棵小草，也可以有長成參天大樹的夢想。夢想是最公平的，誰都有資格擁有。現在是互聯網時代，互聯網在改變世界的同時，也在改變著許多人的命運。」

范衛衛被商深的話打動了，若有所思地點點頭，目光迷離地望向了遠處，也不知道在想些什麼。過了一會兒才說了句：「你對互聯網的前景太盲目樂觀了。」

「工作時間，禁止談情說愛！」畢工走在前面，回頭看了商深和范衛衛一眼，很是不滿地斥責道：「走快點，慢騰騰的，跟牛一樣慢，專家都等不及了。」

「喂，畢工，我們是義務幫忙好不好？再說商深今天還沒有正式上班，明天才開始，你講不講道理？」范衛衛忍不住反唇相譏，「別說我和商深不是談情說愛了，就算是，你管得著嗎？」

「別說了。」商深一拉范衛衛，不讓范衛衛和畢工吵架，「畢工說得對，我們不能讓專家等。」

「商深！」范衛衛對商深的表現很失望，該據理力爭的時候就得據理力爭，不滿地道：「你有點兒原則好不好？不能任人擺佈！」

「少說多做，永遠沒錯！」商深沒有爭辯，更不反駁，只是呵呵一笑。

倒不是他真的沒有原則，而是他不想在無謂的事情上浪費時間和精力。人生中總有一些取捨，該認真的時候必須認真，但該應付的時候也要學會應付，和畢工辯論，既說服不了畢工，反而有可能加深誤解，還不如保持沉默；何況又不是什麼原則性問題，沒必要非要爭論，而且爭論下去就會變成了無意義的吵架。

已是仲夏的時節，廠裡遍佈高大的楊樹、柳樹、榆樹和月季等花花草草，走在青磚鋪成的路面上，樹蔭濃密，蟬鳴陣陣，輕風習習，沒有都市的繁華和喧囂，別有一番沉靜、空曠的意境。

天空一碧如洗，藍得讓人心曠神怡，只有幾朵白雲點綴其間，就如一幅巨大的藍色畫卷上的點睛之筆。商深的心情忽然平靜了許多，不管明天怎樣，也不管遇到什麼樣的人和事，平靜面對並且做好眼前的每一件事情，才是應有的正確態度。

工廠不小，穿過一條長長的通道，又拐了一個彎，走過一個長滿葡萄架的長廊後，終於來到一間房子面前，房門上有一個名牌——技術部。

商深跟在畢工身後進了房間。房間不大，有兩張老舊的辦公桌，靠窗的地方有一台影印機，影印機旁邊是一台印表機，連接印表機的，則是一台「清華同方」桌上型電腦。

「清華同方」集團生產的電腦，在九七年時，是和「聯想」並駕齊驅的著名品牌電腦之一。雖然後來清華同方逐漸退出第一陣營，但在此時，絕對是高端品牌。

影印機是「佳能」的。佳能是日本一家專門生產影像與資訊產品的綜合集團，從一九三七年成立以來，經過多年不懈的努力，佳能已將業務全球化並擴展到各個領域，不管是相機還是影印機、印表機，佳能一直都是高端品牌的象徵，當然，價格也是十分昂貴。

印表機則是「八達」集團出產的點陣式印表機。八達集團是中國著名的民營科技企業，一九八四年五月，借款兩萬元創業的幾名科技人員，辦起了北京市八達新興產業開發公司。一九八六年，北京八達集團公司成立，資本額一億元。

八達集團主要致力於辦公自動化產品的開發經營，一九八六年由八達集團研製開發的第一代ＭＳ系列文字處理機——MS-2400誕生。之後以ＭＳ系列文字處理機的銷售為契機，開始建立遍及中國各地的行銷服務網，極大地促進了八達的發展，其文字處理機的市佔率曾經一度達到百分之八十五以上。

房間中還有一個人，正是和畢工走在一起的那個被商深認為是來自港臺的人。

「畢工，工具帶來了？」

金絲眼鏡說著一口濃重南方口音的普通話，他長得白白淨淨，有明顯廣東人的特徵。他的目光從商深身上掃過，商深稚氣未脫的學生模樣，並沒有引起他的注意，何況他要做的事很重要，很緊迫。

「帶來了。」畢工從商深手中接過工具箱，打開後放到金絲眼鏡的前面，很是謙恭地說道：「仇總，拜託您，我實在是無能為力了。上面急著要資料，整個縣城就這一台印表機，如果修不好，就得跑北京一趟，不但不划算多花錢，還耽誤時間。您是這方面的專家，印表機的小問題，您一定可以手到擒來。如果資料列印不出來，不能及時送到北京，就會錯過儀表廠的資格審查，那樣的話，麻煩就大了。」

原來是印表機壞了，原來印表機的好壞事關儀表廠的資格審查。商深興趣來了，想看看被畢工尊稱為專家的人能不能解決難題。

八達集團現在的總經理是張向西。張向西可是北京ＩＴ圈子裡大名鼎鼎的人物，曾有「第一程式師」之稱，在南方農村長大的他，北大畢業後留在了北京，直接進入「北大方正」集團工作，是第一個寫出Windows中文平臺的程式師。

張向西是商深的偶像之一，他在大學畢業前的經歷和商深類似，都是出身於平民之家，都是靠自己的努力考上北京的大學，然後大學畢業後都留在北京；所不同的是，張向西是從事和自己專業相關、自己又感興趣的軟體發展工作，而他卻被分配到了縣城的儀表廠。

人生際遇雖然大不相同，但商深堅信他終有一天可以如張向西一樣，從事自己喜歡的工作，並且在互聯網的大潮中擁有一席之地。

范衛衛對此完全不感興趣，輕輕一拉商深：「走啦，沒意思，我們出去轉轉。」

商深搖頭：「等下再出去，多好的學習機會。」

「我對電腦一類的東西沒興趣。」范衛衛咬著嘴唇說道：「未來的發展方向是房地產和教育。」

「未來的發展方向是房地產和教育沒錯，但我覺得電腦的普及會改變人類的生活方式和生活習慣，甚至會改變人類的發展方向；尤其是互聯網的出現，絕對是歷史上開天闢地的一件大事，說不定以後會改變整個人類社會的結構。」

「說到電腦和互聯網，商深談興大起，「我一直認為，在未來幾十年的時間內，電腦的普及和互聯網的發展，會創造出想像不到的巨大的財富。」

一九九七年時，電腦硬體設定大致在四八六到五八六之間，電腦大多使用DOS作業系統，WIN95系統雖然已經面世並且也比較成熟，但使用者不多。此時中國的互聯網剛起步沒多久，上網人數極少，而且都是撥號上網，網速極慢，五十六K的速度在現在看來比二G手機還要慢上許多。

一九九五年，中國第一家網路公司「瀛海威」的網站，是目前上網人數最多的網站。後來的三大門戶網站以及互聯網巨頭要麼還沒有問世，要麼還是幼苗。

商深的話引起了仇總的注意，他意味深長地看了商深一眼，心中閃過一絲驚訝，沒想到商深這麼年輕，居然對電腦和互聯網這麼有看法。

雖然對商深微感驚訝，卻只是簡單一想，就拿起工具修理起了印表機，畢竟眼前的難題比商深重要多了。

別看仇總穿著很正式，幹活的時候卻一點兒不含糊，他拆開印表機，檢查色帶，清洗了一番之後，又依次檢查每一個零件，然後小心地裝回去。

畢工在一旁專注地觀察仇總的舉動，沒有工夫再理會商深和范衛衛。范衛衛雖然沒有再反駁商深的話，卻心不在焉，東看看西看看，注意力不在印表機上面。

商深則不同，他目不轉睛地盯著仇總的每一個動作，時而皺眉時而沉思，等仇總重新裝好印表機，露出了會心的笑容。

「修好了？」見仇總一臉篤定的神情，畢工小心地問道。

「應該是好了。」仇總推了推眼鏡，打開電腦。機械硬碟轉動時咯吱咯吱的響聲猶如年久失修的吊扇轉動時的聲音。經過幾分鐘的開機，電腦終於出現了使用畫面。

仇總點開一個檔案，選擇「列印」功能，點擊後，印表機遲疑了一下，似乎是在思索什麼，然後針頭開始左右滑動。

「真的好了，仇總太厲害了。」畢工高興地連連搓手，不過片刻後，他臉上的笑容就消失了，「怎麼只滑動不列印呢？」

仇總皺起了眉頭，伸手推了推針頭，不解地說道：「硬體上沒有任何問題，針頭和色帶都正常，奇怪，到底哪裡出了問題？」

畢工著急地說道：「怎麼辦呢？我還以為仇總可以解決問題，也就沒打算去北京，現在就算再去也來不及了。完了完了，錯過遞交審查資料的最後期限，儀表廠審查不過關，我就成了廠裡的罪人了……」

畢工雙手抱頭，蹲在地上，痛苦不堪。

仇總敲敲印表機，又插了插線，還是不起作用，他也無計可施了，擺擺手道：「不好意思畢工，我也沒有辦法了。香港那邊的印表機也出現過這種情況，請了許多電腦高手都解決不了，估計得送廠維修了。」

「送廠維修？您不就是廠家嗎？」畢工哭笑不得。

「我只是負責管理技術部門的副總經理，可不是技術工程師。」仇總習慣性地一推眼鏡，一臉歉意，「抱歉幫不了你，畢工，你另請高明吧。等我回去後，技術人員會再想辦法解決。」

「我從哪裡另請高明呀？」畢工急得團團轉，回身看到商深，頓時火起，「你怎麼還沒走啊？趕緊走，別在這裡礙事！」邊說，還一邊不耐煩地伸手去推商深。

商深憨厚地笑了笑躲開，搓搓手，一臉躍躍欲試地道：「要不讓我試試？」

「你試試？試什麼？」

畢工正急得不可開交，沒深思商深的話，繼續推著商深，他不想讓商深看到他的窘態，「你出去，立刻！馬上！」

「你別推我，」商深還真是好脾氣，一點不惱，臉上還掛著淡淡的笑說，「我覺得不是硬體的原因，可能是驅動程式出問題。我可以重寫驅動程式解決……」

「你說什麼？」

商深的話震驚了仇總，他本來收拾起公事包就要離開了，商深的話讓他為之一驚，放下公事包來到商深面前，「年輕人，你再說一遍。」

雖然剛才商深的一番高談闊論讓仇總注意到商深，但他並不認為一個初出校門的年輕人可以解決連他都束手無策的難題，他不由多看了商深幾眼，見商深一臉淡淡的笑意，既沒有故弄玄虛的賣弄，又沒有按捺不住想要大出風頭的衝動，莫名心中一動，難道這個年輕人真能解決困擾所有人的難題？

不可能！仇總隨即又否定了自己的想法，印表機故障不是孤立事件，之前就出現過幾次，不止是他，就連公司的工程師也一直以為是硬體原因，後來透過拆裝印表機或是重新插撥接線解決了問題，不管是真解決了還是運氣原因，誰也沒有往軟體方面去想。畢竟如果真是驅動程式的問題，應該會有更多的客戶反映才對。

到目前為止，他所知道的類似故障不到十例，這個年輕人也許根本沒有接觸過八達公司的印表機，怎麼可能一上來就知道是軟體問題？肯定是信口開河吧。

更何況，他們的印表機驅動程式都是請高級程式師寫的代碼，不可能出錯。退一萬步講，就算真是軟體問題，驅動程式故障，麻煩就更大了，除非請專業的程式高手重寫程式，香港也未必可以解決，更不用提國內了。

國內……自然也包括商深！

不過……他轉念一想，反正事已至此，索性死馬當活馬醫，給年輕人一個嘗試的機會，他也沒有什麼損失不是？

仇總就隨和地笑道：「你真的這麼認為？不是硬體問題而是驅動程式的原因？」

見仇總如此鄭重其事，畢工也就鬆開了商深，一臉的疑惑和不解，還有輕視。

商深整理了一下衣服，謙虛地道：「印表機運轉良好，剛才仇總拆開印表機的時候，我看到色帶還很新，說明印表機的使用次數有限，而且這台印表機是市面上最新的型號，是八達公司最新的產品，也是八達公司幾年來最成功的一款印表機，因此硬體上出現問題的可能性不大，所以就是把印表機拆上十遍也解決不了問題。」

范衛衛睜大了眼睛，一臉的難以置信，商深看上去呆呆的，原來還真有幾分本事，剛才一番話說得既合情合理，又表現出他深厚的基本功，不由她不刮目相看。

她一開始覺得商深只是技術型人才，卻沒想到商深還有演講的天賦，范衛衛不停地眨動眼睛，商深到底是一個什麼樣的人呢？

看商深個性膽小怕事，怎麼突然變得膽大包天，敢挑戰權威了？眼前的畢工和仇總，一個是儀表廠的工程師，一個是大集團的副總經理，都是業界的資深人士，是商深仰視才見的大人物，連他們都解決不了的麻煩，商深真有辦法解決？他是為了出風頭而故意吹牛吧？

出風頭不是錯，年輕人誰沒有一舉成名出人頭地的夢想？可是范衛衛說什麼也不會相信以商深剛剛大學畢業的水準真能解決連畢工和仇總都棘手的難題。最主要的是，現在可不是吹牛和出風頭的好時機。

范衛衛心裡很替商深擔心，唯恐商深弄巧成拙，悄悄一拉商深的胳膊，小聲道：「商深，你幹什麼？畢工的事你沒資格管，再說也和你沒關係。」

范衛衛的言外之意是，你初出茅廬，沒資格插手，萬一弄不好會落個不是，袖手旁觀是最好的選擇。再是，如果解決了，也是畢工和仇總的功勞，萬一解決不了，卻是他一個人的不是。左右不討好的事，何必去做?!

商深卻沒想那麼多，他只是覺得既然麻煩讓他遇上了，而他恰好是資訊系畢業，又接觸過相關的疑難雜症，本著與人方便自己方便的出發點，他願意盡他所能替人解決難題。

「拆上十遍也解決不了問題，年輕人，你口氣真是不小。」

仇總一開始還對商深得出的結論有幾分興趣，但當聽到商深不無嘲諷地說他拆上十遍印表機也解決不了問題時，不由有些生氣了，「說大話容易，真正解決問題就難了。年輕人，你叫什麼名字?你真能解決這個問題?」

「我叫商深。」商深微微彎腰，表現出足夠的謙恭，見仇總誤會了他的意思，誠懇地說道：「仇總，我不敢保證百分之百解決問題，但我可以試一試，能解決最好，解決不了，也不會比現在的情況更糟不是?印表機在電腦發出指令後可以正常運轉，但沒有完全按照指令列印檔案，說明驅動程式有漏洞。」

商深的話從兩方面打動了仇總，一是情理方面，再是技術方面。也是，如果好可以更好，壞卻不會再壞，誰都願意嘗試；而商深的說明，也符合他對故障的初步判斷。他不由心中暗暗驚奇，先不管商深能不能解決問題，光是商深進退有度的表現和胸有成竹的分析，就足以讓他認定商深是個難得的人才。

他沉吟片刻，點了點頭：「好，你試試也行。」

「不行，不能讓他動電腦。」畢工向前一步，擋在商深的面前。

儘管畢工也被商深的表現震驚了，但他不是電腦方面的專家，商深的話並沒有觸動他的內心，再者因為先入為主的原因，對商深早有成見，於是質疑說：「電腦是廠裡最值錢的資產之一，萬一讓他弄壞了，他賠得起嗎？」

「我就說不要多管閒事嘛。」范衛衛見狀，鄙夷地白了畢工一眼，拉起商深就走，「走吧，你出於好心想幫忙，有人卻認為你是添亂。幹好了沒獎勵，幹不好落埋怨，這種吃力不討好的事，誰幹誰是傻瓜！」

「等一下。」

不知何故，仇總卻相信商深是真的想幫忙而不是另有所圖，大概是商深身上有一種從容不迫的氣度，一瞬間，他做出了一個連他自己都不敢相信的決定。

「商深，你做吧！出了問題我負責！」

「仇總……」畢工嚇了一跳，他擔心真要出問題，責任會由他承擔，用手一指電腦，道：「這台電腦要一萬塊，相當於我兩年的工資……」

不等他說完，仇總便擺擺手道：「我說過了，出問題我會負責，如果電腦壞了，我賠！」轉而拍了拍商深的手，鄭重地說：「商深，拜託你了。」

商深感受到仇總手上傳來的重託和期待，也回應了仇總一個堅定的眼神：「我盡力而為。」

畢工很不情願地讓到一邊，商深熟練地打開軟體，檢查了一遍驅動程式，又測試了一會兒，時間過去了十幾分鐘。

「到底行不行呀？你是不是只是想玩電腦？」畢工見商深在鍵盤上敲來敲去，只盯著電腦螢幕看個沒完，看也不看印表機一眼，根本不像是在修印表機，反倒像是在玩電腦，忍不住開口質詢道。

這年頭，電腦可是稀罕東西，貴得出奇，一般人買不起也摸不到，何況商深只是個剛畢業的窮學生，所以他有百分之百的理由懷疑商深是想借機摸摸電腦罷了。

仇總卻是心中又一陣驚嘆，商深熟練地操作鍵盤的手法，一看就是電腦資深玩家，再看他打開程式後直接查找代碼的做法，可以斷定商深確實是個高手，現在電腦還是新興事物，許多人還停留在只會開機關機的階段，甚至很多人摸都沒有摸過，更不用說會熟練地使用軟體和寫代碼了。

商深目不斜視，只管盯著電腦螢幕，時而沉思，時而十指飛快地敲擊鍵盤。沉思的時候，他雙眉微蹙，凝神思索，十指飛奔的時候，他會心而笑，輕鬆隨意。

范衛衛在一旁看呆了，她驚呆的不是商敲擊鍵盤時的專注，而是商深思索問題時的投入與自信。如果說她對商深的第一印象，是個長得還算陽光的書呆子，那麼現在商深在敲擊鍵盤時的自信和投入的神情，猶如一個指揮千軍萬馬的將軍，一瞬間她甚至產生了錯覺，眼前的商深是個可以談笑間解決任何難題的成功人士！

怎麼胡思亂想了？范衛衛意識到自己想多了，莫名臉上發燙，忙收回心思，將注意力專注在印表機上。

商深突然停下了敲擊鍵盤的雙手，眉頭緊鎖，陷入了沉思之中。沒有了敲擊鍵盤的聲音，房間一時陷入了寂靜，空氣凝重起來。

仇總推了推眼鏡，眼中不經意間閃過一絲緊張，連他自己都沒有意識到，他居然開始緊張商深究竟能不能解決難題。

畢工也很緊張，但是他和仇總有意無意地掩飾緊張不同，他的緊張直接寫在臉上，也表現在手上——雙手不停地搓來搓去，搓得滿手的死皮和黑泥。

終於還是忍不住了，在搓得雙手全是汗水之後，畢工終於問了聲。

「到底行不行呀？」

「噓！」仇總朝畢工做了個噤聲的手勢，他比畢工有耐心也有眼力，知道商深遇到一個小小的難關，現在需要安靜的思索而不是被人催促。

畢工敢吼商深，敢批評范衛衛，卻不敢對仇總不敬，立刻不說話了。

思索了一會兒，商深緊鎖的眉頭慢慢舒展開來，他的雙手重新放到鍵盤上，側頭想了想，又開始十指紛飛地敲擊鍵盤了。這一敲就再也沒有停下，足足敲擊了十分鐘！

就在范衛衛也懷疑商深解決不了問題，而畢工已經絕望時，商深終於停了下來，他站起來，雙手交叉在身前用力伸了伸懶腰，臉上露出滿意的笑容，說道：「驅動程式的原始程式碼丟失了一個字串，我重新補上了，應該沒問題了。」

商深說得很輕鬆，仇總卻知道要從浩瀚的代碼中找到一個丟失的字串其難度之大，不啻於大海撈針。先不說問題有沒有真正得到解決，只看商深認真的態度，就值得肯定，於是拍了拍商深的肩膀：「辛苦了！」

「真的能用了？」

畢工雖然也是工程師，對電腦卻懂得不多，他不相信商深打了一些奇怪的符號就能解決印表機不能正常工作的問題，他才不管商深的付出是不是值得肯定，他只在乎結果，

「仇總，真的好了？」

「試試不就知道了。」

仇總雖然親眼目睹商深改寫代碼的過程，但他不是程式師出身，只知道商深的思路正確，卻也不清楚商深寫得對不對，只是直覺認為商深的方法可行，但理論還是需要實際檢驗才行。

「商深，列印一張測試看看。」

「好。」商深點點頭，敲下幾個字，發送了命令。

沒多久，印表機便發出吱吱的聲響，所有人都屏住了呼吸，就連范衛衛也攥緊拳頭。畢工一顆心更是提到了嗓子眼裡，他的情緒十分複雜，既希望

商深可以解決問題，讓資料順利列印出來，又不希望見到商深大出風頭，心情十分矛盾。

印表機的針頭左右滑動著，然後發出悅耳的聲音，畢工迫不及待地從印表機上取下紙張，上面清晰地印著八個大字——與人方便，自己方便。

「真的好了！」他高興地把手中的紙遞給仇總，「太好了，謝謝你，太感謝了。」

仇總接過紙，目光落在上面的幾個字上，眼中閃過喜悅和思索。他將紙收了起來，對商深說：「商深，這紙我留下了，作個紀念。畢工，不要謝我，要謝就謝商深吧，他是個人才。」

「謝謝你，商深。」畢工高興之餘，也忘記了先前和商深發生過的不快，主動和商深握手，「你修好了印表機，等於是挽救了儀表廠，你是儀表廠的大功臣。」

商深擺了擺手，謙虛地道：「畢工過獎了，不過是舉手之勞的事而已。」

「不一樣，不一樣呀。」畢工見商深不居功自傲，對商深的看法大為改觀，哈哈笑道：「應該做和做不做是一回事兒，做和做好做不好，又是另外一回事，小商，我一定會向領導彙報，今天的事，記你大功一件。」

「謝謝畢工。」商深謙遜地笑著，依然保持著寵辱不驚的從容。

真是一個既有才華又有氣度的年輕人，沒想到在一個小縣城還能遇到這樣的人才，仇總不禁動了心思，遞上一張名片：

「商深，我是八達公司的副總經理仇群，很高興認識你，希望以後保持聯繫。說不定有一天，我們還有機會合作。」

初來乍到就幫廠裡解決了一個天大的難題，商深的名字如一場夏天午後的雷雨，以迅雷不及掩耳之勢席捲了整個儀表廠！

短短幾個小時內，廠裡上下幾百人不但都知道了一個剛分配到廠裡的叫商深的大學生，解決了一個連副總工程師都解決不了的難題，還知道商深是個高深莫測的電腦高手。

在許多人沒見過、摸過，甚至不知道電腦是何物的時代，電腦高手的稱呼就和武林高手的稱呼一樣神秘，並令人肅然起敬。

於是整整一下午，前來訪問他的各色人等絡繹不絕，讓他疲於應付並且焦頭爛額，卻讓喜歡熱鬧的杜子靜笑得合不攏嘴，逢人便吹噓說她早就看出了商深的不凡，所以在商深還沒有報到之前，她就特意向廠裡申請讓商深和她一個辦公室；還說她見到商深第一眼起，就覺得商深是個人才，於是打算把自己的妹妹杜子清介紹給商深……

對於被人當猴子一樣看待的商深，對這種尷尬的場面，只能露出靦腆的笑容，含蓄地回答所有人的疑問，終於在他不勝其煩時，范衛衛挺身而出，隨便編了個理由，拉著他逃離了辦公室。

沿河邊散步並且去吃燒烤，是范衛衛的提議。

西天的火燒雲如綢如緞，如絲如縷飄蕩在天邊，不時有一群飛鳥飛過，傳來一陣陣鳥鳴，忽遠忽近。正是難得的夕陽美景，熱氣漸消的黃昏，沿街的路燈次第點亮。夏夜的輕風吹拂，帶著一股清涼的氣息，令人格外清爽。

商深和范衛衛並肩走在一條小河的河沿之上，有一句沒一句地說著話，猶如一對陶醉的戀人。

「八達可是有名的大公司，我看仇群很想要挖角你的樣子。」

換了身黃色連衣裙的范衛衛走在商深的右邊，背著手，邊走邊無聊地踢著路邊的雜草，她勻稱而纖細的小腿在路燈的燈光下，閃耀著迷人的光澤。

「怎麼會？才見了一面而已。」商深依舊是憨厚地笑了笑，並未多說。

「怎麼不會？你的眼光也太差了，連仇群欣賞你，你都沒有看出來，商深，你以後怎麼才能出人頭地呀？」范衛衛忍不住擔心地道。

「一個人踏實地做好自己，該出人頭地的時候就會出人頭地了；如果做不好，再怎麼鑽營也是沒用。」

商深一副淡定的表情，望了望遠處，用手一指，「燒烤店到了，事先說好了，我請客，你不許搶著付啊。」

「好吧。」見商深聽不進她的話，卻只在意付錢這種枝微末節的事，范衛衛搖搖頭，「幾十塊錢的事，不用那麼計較；早晚你會明白，能用錢解決的問題，就不是問題。」

商深撓撓頭，沒說什麼，其實他心裡明白得很，誰都想成為有錢人，有錢確實可以做很多事情，但也有太多的事是金錢所不能辦到的，比如創新和創意。

在互聯網出現之後，有太多依靠創新和創意成功的例子，比如ＩＣＱ。

一九九六年，三個以色列人維斯格、瓦迪和高德芬格聚在一起，決定開發一種使人與人在網路上能夠快速直接交流的軟體。他們為新軟體取名ＩＣＱ，即「I SEEK YOU（我找你）」的意思。

由於免費註冊，ＩＣＱ的傳播速度十分驚人，僅僅一年多，ＩＣＱ的用戶就發展到了幾百萬。據傳美國線上（AOL）有意收購ICQ，風傳收購價是四億美元。

四億美元在一九九七年是一個令人無法想像的天文數字，三個年輕人依靠創意編寫的一個小軟體，在不到兩年的時間就創造了四億美元的價值，這是任何一家企業都無法做到的巨大成功。

算了，不想那麼多了，商深收回思緒，互聯網不管孕育了多麼巨大的商機，眼下的他還只是一個需要解決吃飯問題的小角色，先吃飽肚子再說吧。

位於河邊的燒烤一條街，是當地有名的的美食區，也不知道是什麼時候自然形成以燒烤為主的大排檔。這裡小店林立，各色人等都喜歡在夏天的晚上來吃燒烤，不管是開賓士寶馬的大款，還是騎自行車或是步行的小老百姓，都會在下班後呼朋喚友來這裡要上幾串烤翅，再來杯啤酒，在河水的嘩嘩流水聲中，大吃大喝一通，一醉方休。

兩人找了個僻靜的角落，要了份毛豆、雞翅和串燒，兩杯啤酒，總共花費二十多塊，邊吃邊聊。吃完，兩人又沿著河邊回到廠裡。

宿舍和辦公室在同一個大院，不過辦公室在前，宿舍在後。夜晚的工廠沒有什麼人，路燈又不太亮，樹木既多又茂密，走在青磚路上，就有一種陰森的感覺。

范衛衛卻不覺得害怕，也不知是酒精的刺激，還是因為別的原因，她顯得有些興奮，時而背著雙手，時而又雙手甩來甩去，還不時跳上幾跳，去摘垂柳的柳枝，開心得就如得到糖果的小女孩。

走路的時候，因為和商深本就離得近，她的手總是無意間碰到商深的手，甚至還有一次落在他的大腿上，范衛衛卻恍然不覺，依然蹦跳個不停。

商深看似平靜，心中卻波瀾起伏，開朗熱情的范衛衛確實討人喜歡，要說他對她沒有一絲好感，那是自欺欺人的假話，然而，現在的他沒有絲毫談情說愛的心思，就算有，他也自知配不上范衛衛。

儘管自己是名校畢業，但和來自沿海開放城市的范衛衛相比，在觀念思想上，卻有著不小的差距，更別提貧富上的差距了。

宿舍是平房，本來是兩個人一間，為了照顧前來實習的范衛衛，在杜子靜特意的安排下，給范衛衛安排了一個單人房，與商深的宿舍相鄰。

「不早了，睡吧。」商深朝范衛衛揮揮手，推開自己宿舍的門。

不料范衛衛卻絲毫不見疲憊之色，緊跟在商深身後走進了商深的宿舍，不客氣地坐在床上：「倒口水喝，渴了。」

商深的宿舍很簡陋，除了床和桌子之外，僅有的兩件電器，就是燈泡和一台落地電扇。床是雙層的鐵架床，桌子是塗了黃漆的木桌。

坐在床上的范衛衛一雙腿不老實地盪來盪去，在白熾燈的照耀下，裸露在外的小腿和胳膊呈現一層朦朧的光暈。

所謂霧裡看花，水中望月，燈下賞美人，喝了酒的范衛衛如雨後桃花，更添幾分嬌艷之色。

四周很靜，一字排開的宿舍有十幾間之多，但都黑著燈，外面除了風聲蟲叫之外再沒聲響，彷彿整個院子就只有他們二個。

孤男寡女同居一室，又是異地他鄉相識的唯一朋友，商深忽然感覺心中一盪，彷彿被范衛衛的美麗和嬌艷擊中了內心最柔軟的地方。

遞水的時候，商深的手不經意間碰到范衛衛的手，范衛衛不知怎地忽然臉紅，趕緊一口喝光杯中的水，將杯子往桌子上一放，頭也不回地轉身走道：「晚安。」

望著范衛衛苗條動人的背影，商深呆立當場一時癡了，連話都忘了回。

## 第二章

# 做大事的人

一個人的長相是天生的，自己無法決定，
但自己可以決定的是信念和不屈不撓的精神，
儘管他和馬朵素未謀面，卻認定馬朵必定是個做大事的人。
忍常人所不能忍，吃常人所不能吃的苦，都是成大事者必備的基本素質。

第二天是正式上班日，范衛衛也正式進入實習期了。

儀表廠主要為石油部生產指定的儀表，除了一線的車間工人之外，辦公室及後勤部門的工作並不繁忙。

畢工出差去了，一大早就走了。一天下來，商深除了打掃衛生、倒了幾次水外加和杜子靜、范衛衛聊天之外，幾乎沒有什麼事。

一天無所事事，讓商深的心情難以平靜，辦公室的工作不但和他的專業相去甚遠，喝茶看報的生活型態也和洶湧到來的互聯網浪潮格格不入，在這個設施陳舊、觀念落後的工廠，彷彿只要門一關上，就和時代完全脫節了。

這不是他想要的生活。

快下班的時候，杜子靜從外面回來，一臉燦笑地說：「小商，告訴你一個好消息，我妹妹從北京回來了。你說怎麼這麼巧，她本來說最近不回來的，誰知道沒打招呼突然就跑回來了，說句不怕衛衛不高興的話，我覺得她和你很有緣吶。」

范衛衛正在整理檔案，聽了杜子靜的話，不以為忤地笑道：「杜姐，別說商深還不是我男朋友，就算是，在沒結婚前，他都有選擇的機會，我也不怕別人喜歡他，大不了公平競爭，誰最後搶到商深算誰的。對了杜姐，子清在哪裡工作啊？」

見范衛衛這麼大方，杜子靜反倒一愣，隨即笑道：「哎呀，衛衛到底是大城市的人，見過世面，說話就是大方。子清在愛特信網站工作，公司不大，聽說老總是個海歸……」

愛特信？商深的互聯網基因被激發了，腦中立刻閃過一個人名——美國麻省理工學院的物理系博士生王陽朝。

王陽朝畢業於清大物理系，於同年考取李政道獎學金赴美留學。一九九三年在麻省理工學院獲得博士學位後，繼續留在原校攻讀博士。九六年回國後，三十三歲的他創辦了愛特信ＩＴＣ網站。

在大學時，商深就聽說過王陽朝的事蹟，也一直將王陽朝當成他的偶像之一。可惜大學畢業後，他既沒和張向西一樣，進入「北大方正」從事喜歡的專業開發工作，又沒有和王陽朝一樣，有出國深造，接觸世界最前端科技的機會。

「愛特信網站？網站能有什麼前景？」范衛衛張口說道，她始終不認為電腦和互聯網會有發展空間。

杜子靜臉色微微一變，正要說什麼反駁時，突然門一響，一個女孩走了進來。

女孩長髮長裙長腿長臉，一眼望去，就如一棵婀娜多姿的竹子，亭亭玉立，搖擺生姿，上身是白底卡通圖案的T恤，下身是條白裙，宛如清風般的清麗，又如明月般的皎潔。

「姐，我回來了。」

白裙女孩一進門就跑到杜子靜面前，拉住杜子靜的手，熱情地說：「想我沒有，姐？」

杜子靜是圓臉，杜子清卻是長臉，如果不是杜子靜再三強調，誰也不會相信她們是姐妹。

「想，想死你了。」杜子靜拉住杜子清的手，憐惜地摸摸她的臉，「看你不好好照顧自己，又瘦了。來，子清，介紹你認識兩個朋友，他叫商深，是人大的高材生；她叫范衛衛，是深圳大學大四的學生，來這兒實習的。」

杜子清大方地伸出手：「你好，商深，我是杜子清，在北京愛特信工作，幸會。」

商深微微一笑：「你好，我是商深，幸會。」

「你好，我叫范衛衛，很高興認識你。」

范衛衛主動和杜子清握手，她對杜子清的第一印象不錯。英雄惜英雄，同樣，美女也愛美女，杜子清的清麗脫俗讓她大生好感。

「子清，你怎麼不去金融部門工作，去網站發展會有什麼前景呀？」杜子清也很喜歡范衛衛的開朗大方，拉著范衛衛的手，燦爛地笑說：

「我倒覺得網站是未來的發展趨勢，所以願意試一試。衛衛，你真漂亮……你是商深的女朋友嗎？」

范衛衛臉微微一紅，搖搖頭道：「不是，準確地說，現在還不是，但以後是不是，就不知道了。」

「呵呵，衛衛你真有意思。」

范衛衛的直爽讓杜子清很是驚嘆，雖然在她的觀念裡，女生還是含蓄些好，但並不表示她不喜歡個性主動的女生，女生也要懂得追求自己的幸福。

「等待別人給幸福的人，往往都不怎麼幸福，所以我一向喜歡自己去追求幸福。」范衛衛意味深長地看向了商深，見商深無動於衷，像根木頭一樣，不由心裡恨恨的，咬牙說道：「如果遇到一個喜歡的人，偏偏他又是棵鐵樹，難道你要等到地老天荒等鐵樹開花？」

杜子清看出了什麼，掩嘴一笑：「商深，你什麼時候開花呀？」

「開花？開什麼花？」

誰知商深的心思早就跑到了十萬八千里之外，他正在想著有關王陽朝的事呢。

愛特信網站作為中國最早的網站之一，開站之初雖然不如瀛海威那麼轟動驚人，卻一步一個腳印，正在走出一條屬於自己的道路，他相信愛特信十分有前景。

而作為中國第一個互聯網接入服務商，瀛海威甚至比中國電信的ChinaNet還要早兩年出世。正在廣州創辦絡容的向落，當年的個人ＢＢＳ就掛在瀛海威的網站上，愛特信網站的一些總監，也曾經是喜歡在瀛海威上網的小孩中的一個。但是現在，瀛海威已經呈現衰敗之勢，瀛海威作為中國互聯網代名詞的時代已經完結。

商深還記得九六年的一天，當他路過北京中關村南大門時被驚呆的情景，零公里處豎立了一塊碩大的廣告牌：中國人離資訊高速公路有多遠——向北一千五百米。這一天，被公認為是中國互聯網的一個紀念日。

然而誰也想不到，沒多久瀛海威就被收購了，九七年出現大虧損，現在的瀛海威因為愛特信網站的崛起、「八達利方」論壇的影響力越來越廣，以及絡容網站的正式推出而逐漸式微，以前無數人打開電腦上網後第一件事就是打開瀛海威網站的習慣正在改變。

看來每況愈下的瀛海威怕是支撐不了多久了，商深不無遺憾地想，互聯網浪潮中，不是每一個先行者都成了先驅，有不少先行者最終反成為先烈。

王陽朝和向落這兩個在創業時期經常一起泡吧喝酒的青年，形象以及個性都大為迥異，此時的他們，很嫩很年輕，也毫無管理經驗，但有一個共同點就是對互聯網的癡迷，而且還是不可救藥地癡迷！或許正是因為他們的癡迷，他們的出現，成為壓垮瀛海威的最後一根稻草。

不過作為開放的平臺，瀛海威最終還是敗給了自己，即使沒有八達利方論壇、愛特信和絡容網的崛起，瀛海威的命運也是一樣。作為新興事物的互聯網，有太多的不確定性，然而不管成敗，所有的開拓者都值得後來者尊敬。

杜子清在愛特信工作，也算是互聯網的先驅者之一了，商深忽然對杜子清多了幾分好感。在現在互聯網還沒有完全被人認可的今天，敢去一家網站工作，不僅僅需要勇氣，肯定還因為是真心喜歡互聯網事業。

「別理他，他和我們是活在不同世界的人。」范衛衛吐嘈道，衝商深吐了吐舌頭，「開什麼花？當然是開你心裡的花。」

「春天裡的花，夏天裡的花，秋天裡的花，都開不過心裡的花。」

出乎范衛衛和杜子清意料的是，像木頭一樣的商深突然冒出一段詩一樣的句子，然後他又憨厚地笑了。

「傻瓜。」范衛衛嗔怪地白了商深一眼，也笑了。

「姐，有件事要我向你坦白……」杜子清忽然扭捏起來，雙手交叉在身前，臉紅著說：「我不是一個人回來的，有兩個同學陪我一起……」

杜子靜沒有多想，忙說：「同學來了，趕緊讓她們進來呀！」

「我想先徵求一下你的意見……」杜子清臉愈加紅了幾分。

范衛衛調皮地開玩笑說：「同學？男同學吧？或者說，是男朋友吧？」

「嗯。」杜子清羞澀地點了點頭，一臉緊張地看著杜子靜。姐姐比她大了十幾歲，她從小在姐姐的關愛下長大，姐大如母，她有幾分懼怕姐姐，怕姐姐不高興她談戀愛。

杜子靜先是一愣，然後開心地笑說：「我就說嘛，我妹妹那麼漂亮，怎麼會沒人追？哎呀，對不起商深，我還想介紹子清和你交往呢，不知道她自己都先交上了，幸好你有了衛衛，要不你真當真的話，我可就丟臉了。」

「怎麼又扯上我？我可不是替補。」范衛衛不高興地嘸了嘸嘴。

「人呢？快進來，讓姐姐瞧瞧。」杜子靜迫不及待地想鑒別一下妹妹的眼光。

「在外面呢，我去叫他們進來。」

杜子清見姐姐沒有反對的意思，一顆心總算放下來了，趕忙出去喊人。

片刻之後，杜子清回來，身後多了兩個人。一個長得人高馬大，身高有一米八以上，濃眉大眼，方臉，寬肩膀，相貌頗有幾分英俊之氣，身材也有出類拔萃的偉岸，一看就是個很標準吸引女生的正宗帥哥。

另一人就長得相貌平平了，個子也不高，應該還不到一米七，雖然不是尖嘴猴腮的類型，但眼小嘴小鼻子小，五官似乎沒有長開一樣擠在一起，別說是帥哥了，連及格的六十分都勉強。

杜子靜的目光先是落在前面的帥哥身上，眼睛頓時一亮，有幾分驚喜，然後才看到後面的六十分，立時目光黯淡下來，眼中有了擔憂和不滿。想也知道，如果杜子清的男朋友是後面的六十分，杜子靜肯定會持反對票。

「姐，葉十三，我的男朋友。」

杜子清深知姐姐的脾氣，不給杜子靜猜疑的機會，第一時間就介紹了來人，「畢京，葉十三的同學。」

「畢京，你就是畢京？」杜子靜先沒理會葉十三，驚訝地張大了嘴巴瞪大了眼睛，「都說女大十八變，原來男大也十八變，我記得你小時候長得不難看，怎麼現在長成了這個樣子……」

話一出口，杜子靜才意識到失言，尷尬地笑了笑：「我沒別的意思，畢京，你別想多了。」

「沒事，杜姐，你沒說我長得醜，叫我別出來嚇人，就已經很給我面子了，哈哈，我已經習慣別人見到我第一眼時的震驚場面了。男人不怕長得醜，就怕沒本事！像葉十三的老總馬朵長得比我還醜，跟外星人一樣，人家不照樣當上了老總？」

畢京倒挺開朗的，嘻笑間化解了尷尬，自嘲時十分淡定，顯然是早見怪不怪了。

「畢京是畢工的兒子。」杜子靜見商深和范衛衛一臉疑惑，連忙解釋，「他小時候常在我面前晃來晃去的，我還打過他屁股。後來他出去上學後，就很少見到了。對了畢京，你怎麼和子清一起回來啦？」

介紹完，杜子靜這才轉身打量了葉十三幾眼，心滿意足地笑道：「不錯，不錯，我妹的眼光還行，可以打八十分。」

葉十三笑了笑，沒說話，微微彎腰致意。

「我是十三的同學，十三又是子清的男友，我們就一起回來啦。」

畢京很活潑，不用杜子清介紹就主動和商深握手，道：「商深是吧？我是畢京，聽我爸說，你解決了連香港高手都解決不了的電腦難題啊，我最佩服電腦高手了，回頭你一定得教教我。」

畢京的話聽來很真誠，握手的動作也很熱情，只是眼中悄悄閃過一絲不易察覺的冷漠。他對商深大出風頭一事既羨慕又嫉妒，認真的說，嫉妒的成分更多一些。

除了嫉妒之外，他還有一絲憎恨。

他今天一回來就聽到有人議論，說在電腦時代，經驗和資歷已經不管用了，畢工當了一輩子的工程師，還不如一個剛出校門的大學生，照這樣下去，說不定商深很快就可以評上總工，騎在畢工頭上了。

儘管他知道傳言是對爸爸不滿的人有意散播的，存心挑撥離間，但他還是認為商深的做法就是想踩著爸爸的肩膀上位，真是可惡！

本來畢京有事要忙，並不想回來，但在聽說了商深的事之後，立時改變了主意，覺得有必要回來一趟，親自會會商深，他倒要看看商深到底是有幾斤幾兩。

商深哪裡知道畢京的心思，他呵呵一笑，擺了擺手：「哪裡，哪裡，我只是碰巧寫過類似的程式，算是瞎打誤撞。」

第一印象讓畢京對商深有些輕視，看商深的樣子，憨厚靦腆，似乎毫無城府，相信遠不是他的對手，就沒再商深身上多停留目光。

當他的目光落在范衛衛臉上時，明顯停滯了一下，目光放亮，不禁說道：「范衛衛，好名字，你肯定是個很有主見、不會輕易被別人影響的女孩，不知道我猜得對不對？」

范衛衛歪著頭，好奇地問：「為什麼這麼說？」

「衛，保衛，捍衛，從你的名字就可以看出你原則性很強，會堅定地捍衛自己的立場。」畢京侃侃而談，表露出對范衛衛濃厚的興趣。

「算你聰明！」范衛衛開心地笑了，下意識朝商深身邊靠近了幾分。

畢京注意到了范衛衛的小動作，眼中又閃過一絲嫉妒，不過他控制情緒的水準很高，一閃就消失了。

他沒再繼續范衛衛名字的話題，而是介紹起自己：「我也是剛大學畢業，不過我已經收到了微軟的面試通知。」

「恭喜你，畢京。微軟是跨國公司，待遇很好，」范衛衛由衷地表示了祝賀。

畢京說到微軟時，一臉驕傲。說得也是，微軟是外商公司，起跑點就比一般公司高上不少，如果坐到中層位置，據說年薪十萬也不在話下。商深心想，他現在每月收入才二三百元，以後轉正了也許可以到四五百，也不知道什麼時候才能達到月入千元的高薪。在月收入千元就是高薪的標準下，年薪十萬絕對是無數人羨慕並且仰望的高級白領。

雖然在杜子清眼中，葉十三才是主角，但畢京是個喜歡搶風頭的人，葉十三反倒被晾到了一邊，一直等畢京自我炫耀完之後，杜子清才有機會向范衛衛和商深介紹葉十三。

葉十三話不多，和范衛衛客氣地點頭問好，表現出了男神應有的矜持和高傲。

儘管葉十三英俊帥氣高大，范衛衛對葉十三卻沒什麼興趣，微一點頭算是回應了葉十三。

葉十三來到商深面前，他比商深高出半個頭有餘，和商深面對面，立時有居高臨下俯視商深的意味。商深卻淡然而立，平靜地回應葉十三挑釁的目光，他雙手抱肩，嘴角露出似笑非笑的神情，和葉十三對視著。

范衛衛、杜子清等人不知道商深和葉十三對視不語是什麼意思，是敵視還是欣賞？幾人面面相覷，不知道該不該打破僵局。房內鴉雀無聲。

「哈哈。」

過了一會兒，葉十三終於憋不住了，大笑出聲，「認輸，認輸，我還是不如你沉得住氣。商深，這麼多年比誰更有耐心，我總是輸給你，算啦，以後再也不和你比耐心了。」

「認輸就好。」商深也哈哈大笑，一拳打在葉十三的肩膀上，「你小子來德泉也不提前說一聲，故意打我一個措手不及是不是？既然你不事先通知我，今天晚上你請客了。」

「請客就請客，算我不對行了吧？我不是故意不告訴你，而是來德泉是臨時決定的。我從杭州跟隨馬總到北京，子清說讓我跟她回德泉見見姐姐，我一想還可以見到你，就臨時起意決定來了。」葉十三也還了商深一拳，笑道：「怎麼樣，夠哥們吧？而且子清也不知道我和你的關係。」

「十三，你怎麼會認識商深？」這下換杜子清驚呆了，她怎麼也沒有想到葉十三居然和商深認識，「你們是什麼關係啊？」

不只杜子清，一旁的范衛衛、杜子靜和畢京也驚訝萬分，想知道兩人是什麼關係。

「從記事時起我就認識葉十三了，然後從小學到中學，我們都是同學，到高中畢業才分開，他去杭州上大學，我去北京。」商深親熱地抱了抱葉十三，開心地道：「你們說我和他是什麼關係？」

「我和他是發小！從小一起長大的死黨！」葉十三回應商深一個熱情的擁抱，「有一次游泳，我差點淹死，還是商深救了我。要是我念書和他一樣厲害，也考上北京的大學，說不定我們現在還在一起。十幾年的哥們了，你說我和他是什麼關係？子清，我認識商深的時候，你還不知道和誰在一起玩辦家家呢?!」

「去你的。」杜子清白了葉十三一眼，嗔道：「我從小就是個乖乖女，從來不和男孩子玩辦家家的遊戲，倒是你，不知道和多少個小女生牽扯不清……」

眾人哄笑。

哄笑聲中，商深注意到畢京的目光一直在范衛衛身上打轉，明顯對范衛衛有意思。雖然畢京很會表現自己，但可惜的是，先天條件的不足，讓他大大失分了。

有朋自遠方來，不亦樂乎，晚上商深主動提出要盡地主之誼，於是一行五人又來到了燒烤一條街。

晚風吹拂，在一家名叫「醉春風」的小店，五人找了一個靠窗的位置坐下，隔窗而望，是朦朧月光和小橋流水，如果不是吆五喝六的划拳聲和刺鼻的煙味，如此情景，倒是別有一番情調。

「色鬼！看什麼看！」

一個光著膀子的年輕小夥子從范衛衛身邊經過的時候，斜著眼打量范衛衛胸前的風光，范衛衛瞪了他一眼，回敬道。

小夥子本想趁酒意調戲范衛衛，一見范衛衛旁邊坐著人高馬大的葉十三，頓時打消念頭，灰溜溜地走了。

商深笑道：「十三從小就長得高大，我們去打架的時候，都讓他第一個在前面，只要他一出馬，總能嚇跑不少膽小的對手。」

葉十三露出二頭肌，炫耀地說：「我可不只是長得高，剛才那種小混混，一打三也不成問題。」

「得了，別吹牛啦。」杜子清撇嘴道。

「對了十三，你在杭州哪家網站公司上班啊？」

商深只知道葉十三在杭州上大學，大學畢業後就留在杭州，後來的事情就不清楚了。

「我想起來了，你跟著馬朵發展?!」

「沒錯，我在『中國黃頁』工作，馬朵是老總。怎麼，你也知道馬朵？」葉十三捏起一顆毛豆剝開，將豆子扔到嘴裡。

「馬朵是個很有意思的人，長得比畢京還醜，個子也不高，但很有遠見，做過許多有傳奇色彩的事。」

商深自然知道馬朵是何許人也，馬朵大學畢業後當過幾年的英文教師，後來辭職下海——對了，向落也是辭去電信局的工作去廣州發展，互聯網事業的開拓者中，有不少都有一個共同點，就是不滿現狀，敢於挑戰自己——他先是創辦了翻譯社，翻譯社不賺錢，就自己去進貨，靠賣鮮花禮品等小商品來支撐翻譯社的日常運轉。

後來馬朵出國時，第一次接觸到互聯網，立即被網路的魅力深深吸引，回國後就辭職，創辦了中國黃頁網站。

商深很羨慕葉十二可以跟在他的偶像之一的馬朵身邊工作，實在太幸運，太幸福了。

畢京老實地坐在一旁，向范衛衛大獻殷勤，不斷地將剝好的毛豆、花生米放在范衛衛的面前；范衛衛對畢京送來的毛豆和花生米來者不拒，一邊享受畢京的服務，一邊和杜子清說話，並不正眼看畢京一眼。

杜子清微有不安，心懷歉意地觀察著商深，明明誰都看得出商深和范衛衛才是一對，畢京卻故意橫插一腳，擺明是想橫刀奪愛，她心有愧疚，總覺得是她把畢京帶來的。

商深的表現也讓她十分不解——商深顯然已經察覺到畢京對范衛衛的心思，不但沒有向畢京表明立場，讓畢京知難而退，也沒有刻意表現出和范衛衛很親暱的樣子，讓杜子清心中納悶不已，難道是她看錯了，商深和范衛衛真的只是普通的朋友關係，不是男女朋友？

杜子清想不通，葉十三也想不明白。葉十三和商深是發小，和畢京是同學，從感情上講，和商深關係更近；但從利益上來說，他和畢京的聯繫更緊密，如果商深和畢京真因為范衛衛而起了衝突，他到底該幫誰呢？

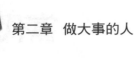

「再說說馬朵的事。」商深饒有興趣地說。

「馬朵是浙江人，大學畢業後先是教書，一九九五年出訪美國時，第一次接觸到互聯網，從此對互聯網產生了濃厚的興趣，回國後就創辦了『中國黃頁』網站。據說今年外經貿部有意調馬總過去工作，讓馬總負責官方網站和中國產品網上交易市場，馬總應該是同意了，不出意外的話，不用多久馬總可能就常駐北京了。」

說到馬朵，葉十三一臉嚮往和崇拜之意，「馬總長得不帥，說句實話，甚至有點醜。據說他有一次去應徵酒店清潔工，結果許多學歷不如他的人被錄用，只有他一個人落選。他不服氣，問為什麼，對方說，你長得那麼醜，怕你影響酒店形象，嚇壞了客人。」

「真的假的？真有這麼醜？」范衛衛被葉十三的故事吸引了，驚訝地張開嘴巴，問道：「堂堂大學畢業生，連個酒店清潔工都錄取不上，形象也太差了。他如果做企業，怎麼和別人談判？」

「你說對了，馬總後來自己創辦中國黃頁，上門推銷時，好幾次因為長相問題而被人拒之門外。甚至有一次，一個老總答應見他了，一看見他的臉，就毫不客氣地擺手讓馬總出去，說長那麼醜不配和他說話，當時馬總尷尬地退了出去。」

葉十三搖頭嘆息一聲，既羨慕又感慨地說道：「換了是我，我早就自暴自棄了，可是馬總沒有，他在被嘲笑長得醜、被人當騙子轟出來，經歷無數次的失敗和嘲諷之後，依然沒有放棄心中的信念。他成立杭州第一個英語角、為外國遊客擔任導遊賺外匯、四處接課做兼職、同時還能成為杭州十大傑出青年教師；他還背著麻袋去義烏、廣州進貨，販賣鮮花、禮品、服裝，做了三年的小商販，才讓他的網站度過開始的難關……」

商深聽了更加地佩服，成功和失敗的差距，有時就是在於前九十九次都是失敗，在第一百次的時候成功了，但百分之九十九的人卻堅持不到最後的那個第一百次！

就像一個人的長相是天生的，自己無法決定，但自己可以決定的是信念和不屈不撓的精神，儘管他和馬朵素未謀面，卻只聽了他的故事，就認定馬朵必定是個做大事的人。忍常人所不能忍，吃常人所不能吃的苦，都是成大事者必備的基本素質。

商深有感而發地說：「醜而不陋才是正確的心態，醜是天生的相貌，而陋則是一種精神狀態，一種對待他人、對待生活、對待工作的態度。因此，我們要善於發揮自己的優點，而不是去遮掩自己的缺點。只有依靠自身的努力和奮鬥，才能實現自身的價值……馬總是個讓人敬佩的人。對了，偷井蓋又是什麼典故？」

「說得好，商深，醜而不陋的說法太好了。馬總就是我的人生偶像，我以後一定要像馬總一樣，成為一個可以擁有自己公司的成功者。」畢京熱血沸騰，暫時忘了對商深的不滿，舉起酒瓶說：「來，希望我們以後都可以成為馬朵一樣的人物！」

眾人都舉杯和畢京碰杯，只有范衛衛沒有碰，畢京笑道：「衛衛，不給面子？」

「不是給不給面子的問題，你想成為像馬朵一樣的人物是你的想法，我可不想；你長得醜是天生的，我可長得不醜。」

范衛衛舉起酒杯，和商深輕輕一碰，然後一飲而盡，「我只想要馬朵式的成功，不要馬朵式的醜。」

「噗！」杜子清笑噴了，她正好坐在畢京對面，噴了畢京一身，「衛衛，你說得太對了，醜這種事，誰也不願意攤上，我們的口號就是，只要成功不要醜。」

商深忍不住哈哈大笑，范衛衛和杜子清聯手打擊畢京，他心知肚明，便拍著畢京的肩膀說道：「畢京，你別往心裡去，朋友之間的玩笑話，沒有惡意。」

「哼！」畢京卻不領情，甩開商深的手，一拍桌子站了起來，「看不起我是吧？好，我不配和你們交朋友，我走！」

「哎，畢京……」

葉十三起身想拉住畢京慢了一步，畢京轉身氣呼呼地走了。

「別管他，十三，坐下，繼續說馬朵偷井蓋的事。」

杜子清和商深、范衛衛見第一面時，就對商深和范衛衛頗有好感，在情感上更傾向商深和范衛衛才是一對，因而對畢京不識時務地對范衛衛展開追求，讓她對畢京有些反感。

葉十三摸了摸後腦勺，有幾分不情願地坐下：

「都是朋友，何必呢？算啦，我知道畢京的脾氣來得快也去得快，一會兒回去再勸他吧。下面再來說馬朵偷井蓋的事，不是馬朵偷井蓋，而是他有一次晚上回家，遇到一夥人在偷井蓋……

「當時馬朵剛剛開始創業，在杭州經濟大廈租了間辦公室，那天他騎著自行車去上班，看見馬路邊五六個大漢在抬窨井蓋，看他們偷偷摸摸的樣子，似乎是要偷了去賣錢。他動了制止的念頭，但又顧慮對方有五六個人，而且個個身強力壯，他肯定打不過，於是猶豫了一下，就騎車跑到四五百米遠的地方去找幫手，結果沒有一個人願意出手幫忙，也沒有找到一個警察。」

葉十三猶如身臨其境一般講起了馬朵的往事：

「怎麼辦？馬朵既擔心打不過對方，又不想眼睜睜看著對方偷井蓋，他原地繞了兩圈，終於下定決心，做出一個艱難的決定——他一隻腳踩地，一隻腳踩在自行車的踏板上，做好隨時逃走的準備，然後才敢用手指著對方喝道：『偷井蓋的，你給我抬回去！』」

「然後呢？」

商深心中暗暗讚嘆，馬朵具備天生的正義感，以及凡事做好最壞打算的準備，可見他是一個凡事考慮周全的人。

「然後嘛……」葉十三賣弄地說：「你們肯定想不到事情會以一個什麼樣的方式收場？告訴你們吧，就在馬朵大喝一聲制止對方之後，對方放下井蓋就朝他圍了過來，他大吃一驚，騎上自行車就想逃之夭夭，不料還沒有來得及跑，又有幾個人不知道從哪裡冒了出來，一共十幾個人把他圍在中間。」

「啊，還有同夥？」范衛衛驚叫一聲，「馬朵要被打慘了吧？」

葉十三搖了搖頭：「圍上來的幾個人中，有一個人手裡拿著麥克風，遞到馬朵面前說，你好，我是杭州電視臺的記者，今天我們做了一個小測試，想知道有多少人見義勇為，敢出面制止偷井蓋的行為，一共有上百人路過，你是唯一一個敢站出來的路人……」

「啊，原來是測試，上百人只有馬朵一個人通過……」范衛衛被突如其來的轉折逗樂了，笑說，「商深，這件事情說明了什麼呢？」

「說明了兩個問題，第一，成功並非偶然，性格是一個人成功的首要因素。」商深若有所思，目光望向窗外無邊的夜色，「第二，有些人天生就具備成功的潛力。」

「你呢？你天生具備哪些潛力？」范衛衛趁機向商深拋出了問題。

「我？」商深指了指自己，含蓄地笑了笑，「很快你就會知道了。」

「哼，你天生具備裝腔作勢的潛力。」范衛衛嬌嗔道：「你最會裝了，表面上你什麼都一副蠻不在乎的樣子，其實心裡很有事。」

商深一臉無辜地說：「我哪裡得罪你啦？我是個再純潔善良不過的人了，心裡坦蕩得就像大海，什麼事都沒有。」

「信你才怪。」范衛衛衝商深撇了撇嘴，順手拿過一瓶啤酒，道：「我們對喝一瓶，敢不？」

葉十三饒有興趣地看著兩人鬥嘴。

對商深的酒量，從他認識商深以來，和商深喝酒無數次，只見商深醉過三次。一次是初中畢業的謝師宴，商深喝了十二瓶啤酒；一次是高中同學的聚會上，商深喝了一斤半白酒。還有一次是好友寶家的葬禮之後，幾個人聚在一起，商深喝了三瓶紅酒。

寶家高中畢業後外出打工，在工地當工人，不慎失足摔了下來，當場身亡。醉了之後的商深當眾宣布，為紀念逝去的寶家，從此以後他要戒酒。

「商深戒酒了，我替他喝。」葉十三抓過一瓶酒，要和范衛衛碰杯。

「和你喝算什麼事？我要和商深喝！」

范衛衛一把推開葉十三的酒瓶，眉毛一挑，道：「商深，昨天你還陪我喝了啤酒，難道今天就又戒酒了？」

葉十三無奈地搖了搖頭，他本想替商深打掩護，不想商深昨天就和范衛衛開喝了，算是他自作多情了。

商深拿過酒瓶，認真地說：「我確實戒酒了，昨天是這些年來第一次喝酒。好，既然你要喝，我就陪你，大不了一醉方休。」

「你為什麼要戒酒？昨天又為什麼要陪我喝？」

范衛衛眼中閃過好奇的光芒，心中有一絲觸動，商深竟然為了她破戒，她才知道原來商深這麼在乎她。

「說來話長，商深是為了一個女孩戒酒的，現在又為一個女孩重新喝酒，恭喜你衛衛，你打開了商深的心扉。」葉十三擠眉弄眼地道。

范衛衛好奇心大起：「十三，商深是為了誰戒酒？背後有什麼故事嗎？」

「她叫甜甜，是商深的初戀。」葉十三添油加醋說出商深的往事，「商深和甜甜算是青梅竹馬，後來商深上了縣城的重點高中，甜甜只上了個普通高中，他們就分開了。說是初戀，其實也就是兩人互有好感罷了，還沒有開始就已經結束了。再後來，甜甜高中畢業後去省城打工，先是在酒店當迎賓小姐，後來又去娛樂場所從事特殊行業……」

「有情有義，來，商深，我敬你一杯，不，一瓶。」范衛衛大受感動，碰了一下商深的酒瓶，然後一揚頭，咕咚咕咚對著酒瓶一頓猛喝。

葉十三拍拍商深的肩膀，悄聲對商深說：「衛衛是在試探你對她的感覺，趕緊陪她喝，別讓衛衛失望。」

說實話，商深也很喜歡范衛衛的開朗、漂亮和直接，但他是個凡事喜歡想得長遠的人，以他目前的狀況，根本看不到未來前景如何，他和註定要離開這兒的衛衛不會走到一起，與其談一場沒有結果的戀愛，還不如不開始。

等范衛衛喝完了整整一瓶啤酒，商深才不慌不忙地倒了杯啤酒：「衛衛，昨天為了你我破戒喝酒，是因為我覺得我們有緣能相遇，真的很不容易；今天喝，則是為了紀念我們未來的友情。」

說完，商深端起酒杯一飲而盡。接著，又倒滿第二杯，直到喝完一整瓶啤酒。

范衛衛酒量本來就不大，又喝得急，就有了幾分醉意，她醉眼朦朧地用手指在商深的胳膊上指點著說：「真不爽快，直接對著瓶喝多男人。」

葉十三作為旁觀者，不禁心中喟嘆一聲，他再清楚不過商深的習慣，如果他很看重對方，才會直接一瓶喝完，他分次喝，代表在商深的心目中，他還沒有完全接受范衛衛，只當范衛衛是好朋友，而不是女朋友。

杜子清雖然和商深才認識，也從商深的話中聽出了一些，看范衛衛在酒精的刺激下已經有幾分醉意，向冰雪聰明的她居然沒有察覺到商深話中的暗示，還在眼巴巴地等著商深熱烈地回應她，杜子清感同身受，想起她對葉十三的愛戀也是長恨春歸無覓處，不覺悲從中來，一時悲憤鬱結，拿起酒瓶也喝了起來。

「哎，你怎麼也喝起來了？」葉十三嚇了一跳，伸手去搶杜子清的酒瓶，卻被杜子清一把推開。

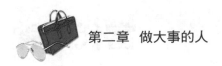

「不要你管，我就想喝。」杜子清心中鬱結，卻又說不出來，只好強顏歡笑，道：「認識商深和衛衛，我高興，想喝酒慶祝一下，不行嗎？」

杜子清幽怨的眼神逼得葉十三只好告饒：「行，行，你喝，儘管喝，喝醉了我背你回去。」

商深見杜子清借酒澆愁，似乎和葉十三有關，生怕杜子清情緒失控，便拿起桌上的最後一瓶啤酒，分了葉十三一半：「來，各人自掃門前雪，乾完就散了吧。」

「不嘛，我還要喝。」范衛衛半醉半醒，愈加憨態可掬，伸手去奪商深的酒杯，「商深，酒給我！」

商深朝葉十三使了個眼色，葉十三會意，迅速將酒一口喝乾，然後結帳走人。

夜色已深，接近晚上十點，燒烤一條街上的客人依然絡繹不絕，划拳聲，吹牛聲，此起彼伏。

商深和葉十三，一人攙扶一個從飯店中出來，被外面的熱風一吹，不但沒有清爽的感覺，反而酒意上湧，更加昏沉了。

## 第三章

# 愛情的種子

「你到底喜不喜歡我？」「喜……歡，一點點。」「一點點是多少？」

就在一問一答中，商深感覺懷中范衛衛的身軀越來越滾燙。

就在和范衛衛柔軟溫熱的身軀接觸中和她如夢囈般的對話中，

一粒愛情的種子悄然生根發芽。

以商深的酒量，通常情況下，五六瓶啤酒不過是三分醉意，但今天才喝兩三瓶就有了五分酒勁，一是他很久沒有開懷暢飲，二是心情鬱悶時，酒量便會降低到平時的一半。

感覺頭重腳輕的商深，扶著搖搖晃晃的范衛衛，忽然有良辰美景的感慨。確實是良辰美景，和從小一起長大的葉十三重逢，身邊又有美人相伴，人生所求，不就是一兩個知己紅顏嗎？

借著酒意，他用力抱了抱懷中的范衛衛。

范衛衛其實喝得也不多，只不過她酒量本來不行，今天的酒又喝得不是那麼暢快，就醉了。半醉半醒之間，她感覺腳步輕浮，像是踩在棉花上，軟綿綿的不著力，便也趁機緊緊抱住了商深。

商深柔軟舒適的身體，加上身上特有的男人氣息，令范衛衛沉迷其中不能自拔，將思鄉之情以及身在異鄉的孤獨全部化成了濃濃愛意，寄託在商深的身上。

和商深想得長遠不同的是，范衛衛也清楚她和商深可能最終不會走到一起，但以後是以後，現在是現在，為什麼要用以後的不可能來決定現在的可能？

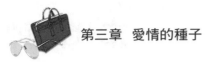

越是得不到的東西越讓人著迷，商深對她不冷不熱的態度，更加激發了她的好勝之心，從小到大，她一向是被人眾星捧月的公主，有多少男孩圍著她鞍前馬後的效勞，她想要什麼，只要一個眼神、一個暗示，就會有人立刻雙手奉送，何曾有過被人忽視的失落？她發誓一定要讓商深臣服在她的石榴裙下。

「商深……」

借著酒意，范衛衛鼓足了勇氣——她一向是個喜歡掌握主動權的女孩——正好走在前面的葉十三、杜子清與他們拉開了距離，她問出了藏在心底的話：

「我喜歡你，你喜歡我嗎？」

美人如懷，又是良辰美景，商深是個正值血氣方剛年齡的正常男人，何況懷中的范衛衛人比花嬌，他怎能不怦然心動？

范衛衛的手緊緊抓住了他的手，商深感覺手上傳來一絲絲微熱，低頭一看，范衛衛的手纖細如玉，手型勻稱，當真是他平生所見的最美的玉手。

「我……」商深有些猶豫了。

他是不輕易說喜歡的人，一旦說了，就會真心付出。如果說他對范衛衛沒有半點喜歡，那是騙人，只是如果他承認他喜歡她，他就要喜歡到底，為了和范衛衛在一起而付出一切代價。

「你說過要善待你遇到的每一個人，因為你不知道你遇到的哪個人會改變你一生的命運。」范衛衛如夢囈般地低訴：「我會不會成為改變你一生命運的那個人？」

「不知道……」商深老實地說。

誰也無法預測未來，有時當改變你一生命運的人出現在你生命裡的時候，你並不知道，只有等以後回想時，你才會恍然大悟，原來就在不經意的某一刻，你命運的軌跡已經發生了天翻地覆的巨變。

「你有女朋友嗎？」

「沒有……」

「那你到底喜不喜歡我嗎？」

「喜……歡，一點點。」

「一點點是多少？」

「一點點就是不多不少，剛剛好。」

就在一問一答中，商深的心也在一點點融化了，他感覺懷中范衛衛的身軀越來越滾燙。就在和范衛衛柔軟溫熱的身軀接觸中和她如夢囈般的對話中，一粒愛情的種子悄然生根發芽。

從飯店到工廠的路程並不長，不超過一公里，幾人卻走了半個多小時。商深和范衛衛是沉醉在夜風中；葉十三和杜子清雖然也是相扶相攜，兩人話卻很少，沉浸在悲傷和無望中。

杜子清眼神中流露出悲傷之色：「十三，你既然不喜歡我，為什麼還要和我在一起？」

葉十三矜持地笑了笑：「因為你喜歡我。在找到我喜歡的人之前，和一個喜歡我的人在一起，也不失為一個不錯的選擇。」

「唉……」

杜子清長嘆一聲，回頭望了眼商深和范衛衛，眼露羨慕之色，「你是不是就喜歡傷害最親近的人？希望你以後不要傷害商深，他是你最好的朋友……」

「……」

葉十三張了張嘴，想說什麼又沒有說出來。他目光閃動，嘴巴掛著一絲若有若無的笑意，態度不明的表情和混沌的夜色融為一體，讓人無法看清他的真實面容。

商深和范衛衛直接回工廠，葉十三去找畢京，說畢京安排了住處，杜子清則是去姐姐杜子靜家。

和昨天一樣，宿舍區依然是漆黑一片，除了商深和范衛衛之外，似乎再也無人居住。

白天上班時，商深問杜子靜，杜子靜說，商深和范衛衛所住的宿舍是工廠的舊宿舍，建了新區後，大部分人都搬到新宿舍去住了，舊區則留給剛上班的新人和實習生。由於今年工廠可能要搬遷的原因，就沒有再招收多少實習生，范衛衛是唯一的一個。而新進的新人一共三個人，就商深是外地人，其他兩個是本地人，每天都回家去，剛好落個清靜。

「要喝水嗎？」商深打開門，回身問道。

「不喝，我睏了。」范衛衛揉了揉太陽穴，露出痛苦的表情，「頭疼死了。」

醉後頭疼很正常，商深微帶埋怨地說道：「誰讓你喝那麼多酒？一個女孩子，最好不要喝酒。」

「知道了，以後不喝了。」

范衛衛開心地笑了，商深對她開始知道關心了，關心就是在意，在意就是喜歡，她朝商深吐了吐舌頭，「晚安。」

「晚安。」

商深等范衛衛進屋後，才回到房間。躺在床上卻睡不著，大腦不停地飛速運轉，一會兒是畢工和仇總，一會兒又是葉十三、畢京和杜子清，一會兒又是范衛衛，甚至王陽朝、馬化龍、馬朵、比爾・蓋茲也出現了，一個個面孔如走馬燈一般在他腦海中盤旋，讓他本來被酒精刺激得頭疼的大腦更加頭疼了。

和葉十三久別重逢本來就讓人高興了，沒想到葉十三還是馬朵的員工，更讓他喜出望外。另外畢京在微軟工作，杜子清在愛特信上班，身邊的人都投身到互聯網的洪流之中，而他還沒有入門，更讓他有想要奮力一躍的迫切感。商深相信，在互聯網浪潮洶湧之前先主動置身其中，肯定會比浪潮來臨之後再被動跳入要好上許多，至少主動權可以掌控在自己手中。

儘管他也知道，許多互聯網的先驅在縱身跳入互聯網洪流之前，也有過一段猶豫迷茫的時光，但他希望他可以借鑒先驅們的經驗，少走一段彎路。

商深很睏，眼皮沉重，卻就是睡不著，真的要和范衛衛戀愛？他閉了會兒眼睛，又無意識地睜開，翻了個身，床板傳來不情願的抗議聲。

哎，開始就開始吧，無論遇見誰，她都是你生命中應該出現的人。既然是該出現的人，就不要錯過。不管明天會是什麼樣的結局，正如他一貫堅持的想法，今天的事今天解決，不必去管明天的風雨，因為你永遠不知道明天到底是刮風還是下雨。

就如他當初出手解決印表機的難題一樣，他只管去做，不管有沒有回報或是收穫。有時候想太多，反而會讓自己活得很累。至於仇群是不是記住了他並且想挖角，他也不必在意，做好自己就好。他相信只要自身有實力，總有出頭的一天。

商深終於感覺到睏意如潮水一般襲來……就在他感覺即將睡著的一瞬，忽然發現在床和牆壁接壤的地方，有一縷燈光透了過來。

什麼情況？商深一下睡意全無，鑿壁偷光？不對，是牆有個破洞。

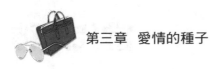

牆怎麼會有洞？商深驚醒了，他跳下床，用力拉開床，然後來到光線漏出的地方一看——頓時目瞪口呆！

牆壁在離地一米高的地方有一個直徑五釐米的洞，像是被人用電鑽打穿的，用一團雜草塞住，外面還糊了一張白紙，如果不仔細看，還真不知道牆上有這樣的文章。不知道是商深無意中捅破了白紙還是別的原因，白紙破了個洞，隔壁的燈光就從中透了過來。

隔壁？隔壁住的不是范衛衛嗎？還有燈，怎麼范衛衛還沒有睡覺？商深伸手一掏，從洞裡拿出雜草，然後朝洞裡一看，頓時屏住了呼吸。

洞口正對隔壁房間的床，在燈光的映襯下，范衛衛玉體橫陳，側臥在床上，青春美麗的身體正對著洞口，讓商深一覽無餘，盡收眼底。

天熱的緣故，范衛衛沒蓋被子，或者是蓋了被踢到一邊，她身子蜷成一團，雙手握在胸前，身子微弓，正睡得十分安詳。修長的大腿、盈盈可握的腰身以及起伏的山巒，好一副美人醉臥圖。

商深正是荷爾蒙分泌旺盛的年齡，心中充滿對異性的嚮往，現在范衛衛的胴體近在咫尺，如果說他無動於衷，絕對是自欺欺人，他一下呼吸急促起來，渾身燥熱，有股無名慾火從體內驀然升騰而起，幾乎無法抑制。商深自認自己絕不是乘人之危的小人，但眼下他確實意動了，他強迫自己不去偷看范衛衛的身體，卻控制不住自己的慾望，身上的燥熱越來越厲害。

正當商深天人交戰，眼見就要控制不住，打算衝到范衛衛房間時，忽然，院中傳來一陣腳步聲和說話聲。腳步聲雜亂急促，聽起來至少是兩個人以上。

「是這裡吧？」一個尖細的聲音小聲說道，「別弄錯了。」

「是這裡，沒錯，我來過好幾次了，這裡就是工廠的舊宿舍區。」一個沙啞的嗓音回道，「右邊數第三個房間就是范衛衛的宿舍。」

會是誰來找范衛衛？不對，范衛衛剛來儀表廠，她在這兒一共認識沒幾個人，再說深更半夜，又是兩個男人，肯定不是什麼好事，商深身上的燥熱頓消，心中大驚，支起了耳朵。

「商深睡了沒有？別驚動到商深，偷偷帶走范衛衛就行。」尖細聲音低低說道。

如果不是夜深人靜，商深不會聽到外面小聲的說話聲。再如果，商深如果已經入睡，更不會知道外面有人想害范衛衛。

「商深今天喝不少酒，肯定睡了。」沙啞的聲音篤定地說道：「范衛衛也喝了至少兩瓶酒，等下帶走她不用費力氣，說不定背上也不會醒來。」

「嘿嘿，聽說范衛衛是個大美女，又白又嫩，待會兒先摸幾下過過癮。咱小縣城也能飛來金鳳凰，真是稀罕了。」尖細的聲音一陣浪笑。

「行了，少說幾句，得手了再說。」沙啞嗓音壓低聲音，後面說了幾句什麼，聲音太小，商深沒有聽見。

居然是想偷偷帶走范衛衛？商深怒火中燒，什麼人這麼膽大包天，竟敢擄人，真是無法無天了！他恨不得馬上衝出去大喝一聲，嚇退二人。

還好，商深沒有被怒火沖昏頭腦，他強壓下心頭的憤怒，冷靜地想了想，對方是兩個人，以他的身形，在不知道對方體型和戰鬥值的前提下，貿然迎敵肯定不行。

勝負不是關鍵，就算他被打得頭破血流也無所謂，重點是如果他被打得頭破血流也阻止不了壞人行凶怎麼辦？

范衛衛羊入虎口，不知道會遭遇什麼樣的不幸，就算警察把壞人繩之以法，為時也晚了。

這麼一想，商深更是強迫自己冷靜再冷靜，不要輕舉妄動。

他深呼吸幾口，腦中忽然閃過一個強烈的疑問——對方怎麼知道他和范衛衛都喝了酒？

知道他和范衛衛喝酒的一共沒有幾個人，除了葉十三、杜子清之外，對，還有一個畢京，整個德泉再無他人知道他和范衛衛喝酒了。

對方之所以清楚他和范衛衛住在哪間宿舍，又知道他和她喝了酒，難道是有人告訴歹徒的？會是誰呢？肯定不會是杜子清，也不會是葉十三，那麼只有一個人有最大嫌疑——畢京！

再一想，似乎哪裡又不太對？商深隱隱覺得他漏了一個什麼細節，不過現在不是深思事情背後真相的時候，現在是怎麼想辦法度過眼前的危機。

硬拼不行就只能智取了，心思電閃之間，商深的目光落在桌上一把長約五公分的美工刀上。

商深將美工刀抓在手裡，悄悄推門出去。

夜色如水，月光如水銀般傾泄在大地之下，院子籠罩在夢幻一般的色彩之中。蟲鳴、風聲和沙沙的樹葉摩擦的聲音，交織成一曲大自然的交響樂。如果沒有這兩個鬼鬼祟祟的人影的話，該是多麼美好的夏夜。

可惜的是，總有一些不合時宜的人非要在美好的時刻做大煞風景的事——遠處一棵高大的楊樹下，有兩個黑影正在躡手躡腳地摸向范衛衛的房間，此時兩人距離范衛衛的房間已經不足十幾米了。

對方沒有發現商深，商深彎著腰，悄悄來到范衛衛的門前，蹲下身子，輕輕推開門，門居然開了，他冒出一頭的冷汗，范衛衛是喝得太多了嗎，晚上睡覺怎麼連門也不鎖？

商深悄無聲息地進了范衛衛的房間，近距離看到范衛衛近乎赤身誘人的身體，讓商深一陣頭暈目眩，忙一咬牙穩定了心神，拿過范衛衛扔在一邊的衣服蓋在她的身上。

范衛衛睡得正香，嘴巴動了幾下，突然冒出一句夢話：「商深，你要愛我保護我，不要讓我傷心難過，不要讓我受到傷害……」

「我會愛你保護你，不會讓你傷心難過，也不會讓你受到傷害！」商深在心中默默地回答了范衛衛，然後俯身輕輕一推范衛衛的胳膊，喚道：「衛衛，醒醒。」

「啊……」

范衛衛睡夢中驚醒，由於驚嚇過度，張口就要大喊出聲，話未出口，就被人捂住了嘴巴。

「噓！」商深緊緊捂住范衛衛的嘴巴，唯恐她的聲音驚動外面兩個人，壓低聲音說：「不要出聲，是我。聽我說，外面有壞人想對你不利，他們馬上就要進來了，你趕緊穿上衣服，聽我的安排，也許還能逃過一劫……」

范衛衛驚魂未定，出於本能對商深的信任，她慢慢平息了內心的恐懼和不安，朝商深點了點頭，心中閃過無數問號，怎麼會有人對她不利？商深是在騙她嗎？又一想，她半裸著身子，肯定被商深看了個夠，頓時又羞又急，紅了半邊臉。

「等下壞人進來，不管我說什麼做什麼，你都不要說話，好不好？」商深提醒道。

「好。」范衛衛見商深一臉肅然，知道事情緊急，不再多想，順從地三兩下穿上衣服，聲音微微顫抖，「現在怎麼辦？」

「不怎麼辦！」商深既不跑，也不擺出架勢迎敵，而是坐在床上，他一拉范衛衛，「你也坐下，我們守株待兔。」

「如果有手機就好了，就可以馬上報警，真是的。」范衛衛十分懊惱，她帶了手機，因為要在德泉實習一年，她就想辦一張當地的卡，誰知來了一直沒時間去辦。宿舍裡又沒有電話，後悔得不行。

此時手機還是奢侈品，最便宜的也要三五千，貴一些的甚至七八千以上，以商深的收入怎麼也買不起；就算買得起，也用不起一分鐘一塊多的通話費，這不是他所能承受的消費。

范衛衛老老實實地坐在商深旁邊，下意識拉住了商深的手。商深的手厚實而寬大，將她的小手完全包容起來，她感覺平靜了許多。

感受到范衛衛小手的冰涼，一種想要保護她的情愫驀然在心中瀰漫，商深輕輕攬住她的肩，安慰著：「不要怕，只要有我在，誰也傷害不了你。」

范衛衛「嗯」了一聲，將頭靠在商深的肩膀上，雖然此刻如此危急，但有商深的陪伴，她心中卻充滿了甜蜜。

就在此時，門被人輕輕地推開了。

黃漢和寧二是從小一起長大的發小，二人初中畢業後就不再上學了，整天無所事事地到處閒逛。

由於二人平常沒少幹偷雞摸狗的事，很快就在縣城闖出了名堂，都有一個聽上去很是威風的外號——黃漢叫黃三拳，寧二叫寧一腳。

黃漢和寧二受人之託前來抓范衛衛，二人還以為神不知鬼不覺，見范衛衛的房門虛掩，還有燈光透出來，對視一眼，輕輕推開了房門——

和他們想像中范衛衛只穿內衣、躺在床上酣然入睡的香艷場景截然相反的是，范衛衛穿戴整齊，安穩地坐在床上，正睜著一雙好奇的眼睛，似乎在等他們的到來。

黃漢和寧二嚇得不輕，差點跳起來，這場景太詭異了，如果不是范衛衛旁邊還坐著一個人，他們準會懷疑是不是鬧鬼了——哪裡有人半夜三更不睡覺，穿得整整齊齊坐在床上，似乎在等待什麼事情發生一樣?!

哇娘咧！黃漢和寧二面面相覷，二人不約而同地想到同一個問題——不會是范衛衛早就知道他們要來綁架她吧？可是……這怎麼可能？對了，在范衛衛旁邊的是誰？

不用說，他肯定是商深了！可是對方不是說商深只是個毛頭小夥子，既沒膽量又沒有本事嗎？怎麼看上去商深一點兒也不毛頭，而且見他沉穩的氣度，似乎胸有成竹，勝券在握。

「你是誰？」

本來以為手到擒來的事，卻突然發生了如此意想不到的變故，黃漢被眼前的場景驚得有些慌亂，結結巴巴地問道：

「你就是商深吧？」

四肢發達、頭腦簡單用來形容一些笨人，也確實不是污辱他們，因為他們真的是頭腦只有一根筋，黃漢不知道他開口問商深這句話，等於是直接告訴商深，他們的幕後指使認識商深，因為商深和他們從來沒有見過面。

黃漢的話讓商深更加堅定了自己的判斷，這兩個傢伙想對范衛衛使壞，背後的黑手一定是認識他和范衛衛的某個人。

商深點點頭，從容地一笑：「是，我就是商深。來了，要喝杯水嗎？」

「不要。」黃漢怎麼也想不到商深會這麼鎮靜，下意識地搖了搖頭，「不渴，不用喝。」

話一說完才覺得哪裡不對，他是來抓范衛衛的，不是來和商深聯誼的，這麼一想，頓時怒極，一腳踢飛地上的熱水瓶，熱水瓶飛起幾米遠，落到牆上，「砰」的一聲巨響，摔了個粉身碎骨。

還好瓶裡面沒有多少熱水，否則飛濺一身的話，肯定會嚴重燙傷。

「商深，識相的話趕緊滾，否則老子對你不客氣了，看到沒有，這個熱水瓶就是你的下場。」

黃漢的憤怒中，還帶有幾分惱羞成怒的因素，想他縱橫德泉多年，放眼縣城，誰不知道他的大名，一聽到黃三拳的名字，不是嚇得渾身發抖就是乾脆直接跪地求饒，還從來沒有遇到像商深一樣不怕死的傢伙，簡直擺明是來踢館的。

寧二也飛起一腳，一腳踢在桌子上，「咚」的一聲，桌子被踢得平移了一米，桌上的東西散落一地，他目露凶光，惡狠狠地說道：「這事和你沒關係，商深，趕緊滾蛋，我和黃哥就高抬貴手把你放了。如果你非要強出頭，哼，在德泉地面上，你從今往後一天也別想安生了。」

「你們的意思是，只要我現在走，不管范衛衛，你們就不打我？」商深一臉惶恐地站了起來。

商深聽出來，第一個踢熱水瓶的人聲音尖細，第二個踢桌子的則是嗓音沙啞，從二人說話的口氣和先後順序判斷，尖細聲音應該是頭兒。

「沒錯，算你聰明。」黃漢對商深的表現很滿意，他和人打架無數，還沒有見過在他的淫威下不害怕的人。

范衛衛剛才是強作鎮靜，因為商深說他會保護她，現在見商深一副打算要認輸服軟的樣子，不禁緊緊抱住商深的胳膊，用哀求的目光緊盯著商深。

「要是我不走呢？」商深沒有理會范衛衛。

「不走？」

黃漢冷冷一笑，解開上衣扣子，露出胸前的刺青，又把手指按得啪啪直響，「把這個小妞兒給我們哥倆留下！要是你擋路的話，哥們今天就幫你鬆鬆骨，保管讓你生活不能自理！」

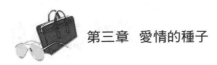

商深嚇得閉上眼睛，連連點頭告饒：「多謝兩位大哥放我一馬，我這就走，絕對不耽誤兩位大哥的好事，馬上走！」

說完，他掙脫范衛衛的手，看也不看范衛衛一眼，起身就走。

范衛衛嚇得臉色慘白，心如死灰。她還以為商深會挺身而出，保護她不受壞人傷害，沒想到商深竟然這麼窩囊，扔下她就走，真不是男人，算她認錯人了！

她雙手絞在一起，渾身顫抖，張著嘴，卻發不出一絲聲音。

見商深如此識相，黃漢和寧二對視一眼，露出了得意的笑容。這年頭，大學生上學都學傻了，不但沒有勇氣，也沒有志氣，連自己的女朋友都保護不了，以後能有什麼出息？唉，真是窩囊廢。

商深垂頭喪氣地走到黃漢和寧二的中間，黃漢和寧二見他十分配合，表現良好，便向旁邊一站，給商深讓開一條道，好讓商深通過。

黃漢得意地笑道：「光棍不吃眼前虧，兄弟，算你有眼力！雖然是你的妞，不過是個女人罷了，犯不著為她把命搭上不是？等下哥幾個玩完了再還給你就是了，你也沒什麼損失，又不掉肉又不丟錢，對吧？」

「是，是。」

走到兩人中間的商深連連稱是，陪著謙恭的笑臉，忽然停了下來，伸出右手，「謝謝兩位大哥的不殺之恩，請兩位大哥賞臉握個手。」

「怎麼這麼多事？」寧二不耐煩了，抬腿就要踢商深，「趕緊滾。」

黃漢卻伸出手來：「握個手也沒什麼嘛，就給他一個面子，好歹他也是名校高材生不是，哈哈。」

商深躲開寧二的一腳，握住黃漢的手，臉上的笑容突然不見了，取而代之的是陰沉和冷峻，他雙眼冒火，惡狠狠地大喊：「玩你媽個頭！滾你娘的蛋！」

商深話還未說完，黃漢驚呼一聲，「這小子使詐，寧二，快動手！」卻已經晚了。

商深低聲下氣，是為了讓二人放鬆警惕好接近二人，他很清楚，如果他和二人正面為敵，硬拼的話，沒有半點勝算，所以只能智取。因此靠近兩人之時，將預先藏在手裡的美工刀趁握手時，手腕一翻，鋒利的刀刃就在黃漢的右手上割了一道長長的傷口；再一轉身，手中寒光一閃，美工刀如一道閃電劃過寧二的右手。

「啊！」兩人的手頓時血流如注。

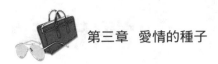

寧二見右手鮮血噴湧，頓時失去了理智，抬腿一腳就朝商深的肚子踹去。好在商深早有準備，知道對方肯定會有反擊，情急之下，一下躍起，不過還是晚了半步，被寧二踢在腿上，他哎呀一聲，身子一歪，如果不是扶著床，一定摔倒在地了。

「打，打死他！」黃漢暴跳如雷，抄起椅子就要砸向商深。

「不想死就趕緊去醫院！」

商深大喝一聲，聲若雷震，要的就是震住對方，「你們被我割傷了動脈，五分鐘後，就會流失一半的血；十分鐘後，會頭暈無力，呼吸困難；十五分鐘後如果還沒有止血，就會因為失血過多完蛋！」

「啊！」

商深話一說完，黃漢和寧二都停止了動手，二人再兇悍再玩命，也是只玩別人的命，不想玩自己的命，一聽自己只有十五分鐘的生命，哪裡還顧得上打人，急急查看自己的傷口。

果然和商深所說的一樣，傷口雖然不深，但鮮血不停地湧出來，跟不要錢的自來水一樣，二人頓時嚇得腿都軟了。

「兄弟，你說的是真的？」黃漢剛才的氣勢全然不見了，將高舉起的椅子放下，顫抖地說：「你別嚇我。」

「怎麼，想死在這裡？」商深雙手抱肩，不動聲色，看著手錶，「只有十二分鐘了。」

黃漢連滾帶爬地轉身就跑，邊說著：「你等著，商深，老子一定會讓你百倍奉還。」

寧二亦是眼中噴火：「小子，算你狠，別忘了這裡是誰的地盤，你一個外地人竟敢對我和黃哥下手，你死定了！」

「寧二是吧？你趕緊轉告黃哥，別跑得太快了，跑得越快，血液流動越快，失血就越快；也就是說，死得就越快。」

對寧二的威脅，商深毫不畏懼，只說：「你還有十分鐘時間。」

「算你狠！」寧二被商深的鎮靜自若驚到了，混了這麼多年，心中第一次感到害怕，不敢再有遲疑，快步地離去。

等寧二奪門而出之後，商深整個人如虛脫一般，大汗淋漓，一下坐在地上，道：「好險！衛衛，你沒事吧？別怕，有我在。只要有我在，我就不會讓任何人傷害你！」

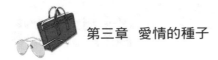

眼前急轉直下的一幕，讓范衛衛看得目瞪口呆，腦子都跟不上劇情的一變再變了，她呆呆地站立原地，一動不動，腦中只有一個念頭閃過：這到底是怎麼一回事?!

剛才商深低聲下氣說要離開的時候，她還真的以為商深要拋棄她獨自逃走，當時她幾乎都絕望了，心中對商深所有的美好和期待全部成了泡影，剩下的全是不甘、委屈和不滿。

不想商深卻突然發作，他的謙卑只是為了迷惑對方。在商深出手重創黃漢和寧二之後，范衛衛心中充滿了驚喜和擔心，驚喜的是，原來商深不是無情無義之人；擔心的是，商深徹底激怒了對方，對方如果發起瘋來下狠手可怎麼辦是好？

讓她更想不到的是，商深下手竟然如此之狠，一出手就劃破了對方的動脈。萬一黃漢和寧二真的死了怎麼辦？商深豈不是成了殺人凶手？商深實在為她付出了太多太多。

見商深坐在地上大喘粗氣，滿頭大汗，范衛衛才知道商深是硬撐著打退壞人，心中更是充滿了感動，如果不是為她，他何必煞費苦心、奮不顧身冒著生命危險和壞人周旋？商深對她雖沒有甜言蜜語，卻是百分之百的真心。

易求無價寶，難得有情郎，太多追求她的人都只是看重她的外貌，對她大獻殷勤不過是想得到她的身體，就如一條奔流的小溪，看似歡快卻十分膚淺，而商深的表現靦腆木訥，卻如一灣潭水清澈又有底蘊和內涵。

她一直以為商深不喜歡她，然而經此一事，有什麼樣的喜歡可以做到如商深一樣奮不顧身，並且不惜性命？范衛衛的一顆芳心再也不徬徨迷惑，牢牢地綁在商深身上了。

「商深，你沒事吧？我沒事，謝謝你！」范衛衛恢復了幾分平靜，挪動腳步來到商深身邊，挨著商深坐在地上。

商深擦了擦額頭上的汗水，抓住范衛衛的小手：「我沒事，衛衛，你沒事就好。別坐地上，地上涼，快起來。」

范衛衛沒有聽商深的話，依然坐在地上，她用手一摸商深的額頭，燙得嚇人，再看商深身上大汗淋漓，才知道剛才短短幾分鐘的時間，商深如同經歷了一場生死搏鬥。

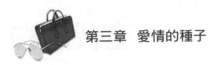

她第一次對一個人產生了心疼的感覺，緊緊抱住商深的身體，將頭埋在他的懷裡，喃喃低語道：「商深，商深……」

商深輕輕撫摸范衛衛的秀髮，心中也是湧動無邊的憐惜。她本是個無憂無慮的女孩，生活在富足的南方，有一個幸福的家庭，卻不遠千里來到北方的一個小縣城實習，但她沒有嬌生慣養的女孩一貫的嬌氣，反而十分獨立並且適應能力強，這樣的好女孩，再不珍惜，錯過就太可惜了。

「衛衛，聽話，到床上睡覺。」商深怕范衛衛著涼，輕聲安慰。

「你抱我。」范衛衛一顆芳心已經徹底放在商深身上，商深就是她的英雄，她的依靠。

「好。」商深用力支撐著站了起來，彎腰抱起了范衛衛。

感受到懷中范衛衛滾燙的身軀，又被她的雙臂緊緊抱住脖子，商深心神一陣蕩漾，好在他還保持著清醒，將范衛衛輕輕放在床上，蓋上被子，熄了燈，悄悄出門四下查看了一番，才又回到房間。

「沒事了，相信那兩個壞蛋不敢回來了。」

「嗯。」范衛衛將頭埋在枕頭上，嬌聲道：「我怕壞人還來，商……深，你能不能一直陪著我，不要走？」

「嗯。」

「我……」范衛衛轉過身去，背對著商深，「你能不能抱著我，我怕……」

見范衛衛肩膀不停地顫抖，商深知道她還在害怕，就上床從背後抱住了她。黑暗中，他的雙手環繞過范衛衛的脖頸，將她攬在了懷中。

一隻小手摸索過來，抓住了商深的手。商深將她的手攥在手心，有如捧著掌上明珠一般。范衛衛蜷著身子，像隻受傷的小貓，商深鼻中傳來陣陣清香，緊閉著眼睛，不敢去看范衛衛那一抹光潔白致的粉頸。

掌心裡的溫柔讓范衛衛感覺到心安，漸漸恢復了平靜，慢慢地睏意襲來，不知何時就睡著了。

第四章

# 好戲上場

范衛衛的哀求和暗示更加激發了商深的激情，商深陷入迷亂的狀態，他的嘴唇親吻在范衛衛潔白的脖頸下，接著繼續探索她嬌豔的紅唇所在。

范衛衛再也無力抵抗了，徹底被融化在商深的柔情中。

「嘖嘖，好戲上場了！」

天還沒亮，商深就早早醒了，睜開眼後的第一感覺，就是意識到自己的手放在范衛衛的臀部上，他心中有些發虛，見范衛衛睡得正香，急忙輕輕地抽出胳膊，然後跑到外面的院子裡，呼吸一下新鮮空氣，又做了幾個早操，才算消滅了心中的一股燥熱。

他不知道他剛一出門，范衛衛就悄悄地睜開眼睛，眼中閃過一絲羞澀和得意，臉上露出一個淺淺的酒窩。

「商深……」

正在做體操的商深，聽到屋中范衛衛的呼喚，回到房間，見范衛衛已經穿戴整齊，便微微笑道：「我去打水。」

「我和你一起去。」

范衛衛端起臉盆，將毛巾搭在商深的肩膀上，「走，讓你用我的臉盆和毛巾洗臉。」

「我就住隔壁好不好？」商深憨笑著伸手接過臉盆，推門出去，「我回自己房間拿毛巾就好了，幹嘛用你的……」

話說一半，忽然愣住了，不知何時院中多了三個人，葉十三、杜子清和畢京。

「你們，你們……」

葉十三見商深從范衛衛房中出來，二人親密無間的樣子，別說是他，任誰都能一眼看出昨晚兩人是睡在了一起，他眨了眨眼，曖昧地道：「進展挺快呀，都共枕而眠了，可喜可賀。」

范衛衛驀然臉紅，想解釋，忽然又覺得自己的事何必非要向別人解釋清楚，就一仰脖子，從容地說道：「那是我們的事！葉十三，昨天晚上你幹什麼去了？」

「昨天晚上？」葉十三不解地道：「什麼也沒幹呀，回去就睡了。怎麼，出什麼事了嗎？」

畢京仍是一臉陰沉，目光在范衛衛身上盤旋幾圈，最後定格在商深的身上，有嫉妒有憤恨又有不甘，奇怪的是，還有一絲畏懼。

「沒事，沒事。」商深悄然朝范衛衛使了一個眼色，暗示范衛衛不要再說下去，他靦腆地道，「這麼早過來，該不是為了請我們吃早飯吧？」

「你們這麼恩愛，就不打擾你們了，都說和一個女孩最親密的關係不是一起吃晚飯，而是一起吃早飯，你們自己去吃早飯好了。我要回北京了，向你告別。」葉十三揚了揚手中的車票，「八點半的車，還有半個小時。」

「要不要送你？」商深本以為葉十三還要待上幾天，沒想到這麼快就要走了。

「不用了，我和子清、畢京一起走。」葉十三上前給了商深一個大大的擁抱，「兄弟，希望我們下次再見面的時候，都是事業有成，前程似錦，要麼手握重權，執掌一方，要麼呼風喚雨，坐鎮一家公司。」

商深還了葉十三一個有力的擁抱，又和他握了握手：「我相信總有一天，我們都會成為時代的弄潮兒，傲立潮頭，成為各行業的領軍人物。」

「哧……」

畢京終於忍不住笑出聲來，掩飾不住一臉的鄙視，朝商深投去輕蔑和不以為然的目光，「還時代的弄潮兒，商深，你在一個小縣城的儀表廠工作，你覺得會有成為弄潮兒的條件和機會嗎？別做夢了，醒醒吧！我要去微軟工作，都還不敢說自己是時代的弄潮兒，你可真自戀，不知道你有什麼資格、拿什麼本事去弄潮？不是說我看不起你，你能混到副總工程師，一輩子也差不多就到頭了。」

「放屁！」范衛衛不允許別人說商深的不是，尤其是讓她無比厭惡的畢京，立即還嘴道。

商深微微一笑，不等范衛衛說下去，搶先道：「副總工程師？畢京，你的意思是我和你爸水準相當了？」

畢京聽出商深的言外之意，知道商深是嘲諷他，臉上一紅，迅即又冷笑一聲：「你哪裡能和我爸比，告訴你吧，我爸馬上就要升到總工了，對了，這事說來還得感謝你，要不是你幫忙解決了印表機的問題，我爸也許還得再等一年半載才能提上去，幸好你主動幫忙，最後功勞歸我爸，他被部裡領導表揚，廠裡領導就報他的名字上去，部裡馬上就批准了，哈哈……」

葉十三神情古怪地站在一旁，冷眼旁觀畢京和商深的正面衝突，一言不發，兩不相幫。

杜子清眼神複雜地看著葉十三，期盼葉十三可以挺身而出，從中調和，畢竟葉十三與商深和畢京都熟，讓她想不到的是，身為商深的發小和畢京的同學，葉十三卻是一副置身事外的態度。

范衛衛一聽之下，頓時火大：「真不要臉，明明是商深的功勞，卻據為己有，這麼大的人了，為老不尊，還沒臉沒皮。真是上梁不正下梁歪，父子倆都是混蛋。」

她想起當時商深主動幫忙的情景，埋怨商深：「我就說不要幫忙吧，你偏不聽，最後還是為他人作嫁，如果是幫好人也就算了，幫的還是個壞蛋，真是虧大了！」

「你……」畢京被范衛衛的伶牙俐齒罵得張口結舌，氣得暴跳如雷卻又說不過范衛衛，氣急敗壞之下，就想要動手打人。

不料畢京想要動手時，才向前一步，商深就動了。商深一個箭步來到畢京面前，擋住畢京的去路，目光冰冷如鐵，臉色一寒：「拼不過智商就耍賴，比不過口才就動手?!畢京，你再往前一步試試！」

商深身上迸發出一股逼人的氣勢，是一種絲毫不將他放在眼中，居高臨下的感覺，畢京一向自認是本地人，而商深只是個外地人，他想收拾他不過是一句話的事，沒想到被他認為善良可欺的商深也有鋒芒畢露的一面。

有些人是劍，劍是雙刃，時刻鋒芒畢露，讓人敬畏；有些人是刀，刀一面鋒利一面駑鈍，如果你只看到他駑鈍的一面就認為他老實可欺的話，就大錯特錯了，一旦他翻轉過來露出鋒利的一面，保管讓你血流如注。

此刻在畢京的眼中，商深就如一把出鞘的寶刀，刀刃寒光四射，蓄勢待發，只要他稍有異動，即有可能一刀將他當場砍殺！

畢京居然被商深的氣勢逼得沒有還手之力，氣焰消了大半，有心退讓，又怕太失面子，一時騎虎難下。

「都是朋友，給我一個面子，各退一步吧。」

葉十三知道他再不出面就說不過去了，現在時機正好，他向前一步，雙手分開了對峙的商深和畢京。

「年輕氣盛，吵架鬥嘴都沒什麼，動手就傷感情了。要我說，別說什麼狠話，也別罵人，要比的話，就打個賭，看一年後誰混得更好，怎麼樣？」

「好，賭就賭，賭什麼吧？」畢京斜著眼睛，不服氣地說，「如果我混得比商深好，就是我贏了，范衛衛到時就跟我。如果我不如商深混得好，輸了，我就當面向商深認輸，自認是孫子，怎麼樣？」

不得不說，畢京的賭約很是無理取鬧，也有挑釁之意，拿范衛衛當賭注，明顯有污辱范衛衛之意，范衛衛是個活生生的人，不是可以拿來打賭的物品。

商深壓住心中的怒火，他和畢京的過節算是徹底結下了，昨天晚上黃漢和寧二的幕後指使多半是畢京無疑，加上眼前這一齣，他和畢京再也不可能握手言和了。當然，就算沒有眼前的矛盾，就憑昨天晚上發生的事，他早晚也會讓畢京還回來的。

只是讓商深不解的是，葉十三在他和畢京發生衝突時袖手旁觀的態度很發人深思，就算葉十三和畢京是同學，關係很好，不好意思直接幫他，也可以早早出面制止畢京對他的挑釁，但葉十三卻一直沒有任何動作，直到他和畢京不可調和時，葉十三才出面調解，似乎是一直在等候一個最佳時機。

這說明葉十三既不是真心想幫他，也不是真心要幫畢京，而只是想利用他和畢京的矛盾，以顯示他的重要性。

或者說，葉十三想成為他和畢京的中間橋梁，成為他和畢京都想拉攏的人，這樣，葉十三就可以遊刃有餘地周旋在他和畢京之間，充分利用他和畢京的矛盾，達到他要風得風要雨得雨的效果。

十三變了，商深心如明鏡，喟嘆一聲，不過又一想也可以理解，大學是一個人生觀和世界觀形成的關鍵時期，在環境的影響下，人都會改變，他亦不是當年的商深了，所以，葉十三不是以前的葉十三也沒什麼。

「賭就賭，但我和畢京打賭，不關衛衛的事。」商深不想拿范衛衛當賭注。

「一年後，如果商深不如你，我就歸你了！」范衛衛卻對商深很有信心，仰起臉，以不屑一顧的口吻說道：「不是我看不起你，畢京，就憑你的本事和人品，你能混得好才怪。送你一句話——投機取巧早晚挨刀！」

「好，一言為定。」

畢京冷冷一笑，他不理會范衛衛的冷嘲熱諷，回頭對葉十三和杜子清說道：「十三，子清，你們都聽到了，你們要作個見證，萬一到時候有人賴帳，你們記得替我討回公道。范衛衛，你就等著一年後當我的女朋友吧，記住了，到時可得乖乖的聽話，我才會疼你喲，哈哈。」

畢京還以為他的狂笑可以激怒商深和范衛衛，不料商深只是搖搖頭，不見一絲惱怒。范衛衛更是拉著商深，轉身道：「走！洗臉刷牙去，生活這麼美好，不能被有些人的口臭破壞了一天的好心情，是不是？」

畢京的臉色頓時變了，想要發作，卻被葉十三拉住了。葉十三衝他搖了搖頭，示意他見好就收，他眼中的怒火閃了幾閃，還是熄滅了。

「再見，商深，衛衛，去北京記得找我。」

杜子清咬著嘴唇，強忍著不讓眼淚流下來，她不知道是離別的情緒，還是因為見到葉十三對商深的態度，讓她很想大哭一場。

「再見，子清姐。」

范衛衛也使勁地揮動手臂和杜子清再見，葉十三、杜子清和畢京三個人中，她只對杜子清一個人有好印象，不由喊道：

「要對自己好一點，別太委屈自己，該堅強的時候堅強。等待別人給幸福的人，往往都不會幸福。」

「嗯。」杜子清聽出范衛衛話中的暗示，用力點了點頭。

送走三人，商深和范衛衛一起去洗漱完後，兩人回到宿舍。

范衛衛想起剛才畢京的嘴臉又來氣，忍不住用力一把將毛巾扔到臉盆裡，濺了一地的水。

「畢京太氣人了，和他的混蛋爸爸一個德性。商深，你說昨天晚上的事是不是畢京背後指使的啊？剛才你為什麼不讓我說出來昨天晚上的事？」范衛衛氣呼呼地坐在床上，鼓起了腮幫子。

「多半是吧，但沒有證據也不好明說。我不讓你說昨天晚上的事，是沒必要，說了也沒用。早晚有一天會真相大白，到時新帳舊帳一起算。」

商深有句話埋在心裡沒有說，他十分懷疑葉十三也有嫌疑，但葉十三是他從小一起長大的發小，他不想也不願意猜測葉十三會對他不利。

「你呀……」范衛衛搖搖頭，不知道該怎麼形容商深，露出納悶的表情說：「有時覺得你老實得跟塊木頭似的，有時又覺得你鋒芒畢露，像一把出鞘的寶刀，商深，你到底是一個什麼樣的人呢？」

商深呵呵一笑，伸手摸摸范衛衛的頭髮，「行了，別胡思亂想了，趕緊想想怎樣讓我進步吧，萬一一年後我輸給畢京，你難道還真去當他的女朋友？你也真是，為什麼非要答應畢京的提議啊？」

「我才不相信你會輸給他。」范衛衛伸手推開商深，佯怒道：「討厭！別弄亂我頭髮，我告訴你商深，如果你不從現在起就努力上進，一年後你輸給畢京，我真的會當他的女朋友，你信不信？」

商深相信范衛衛的脾氣，連連點頭：「遵命，女王！從今天起，我要一日三省吾身，高否？帥否？富否？否，滾去努力！」

「咯咯……」范衛衛笑得前仰後合，抬腿踢了商深一腳，「你太壞了，商深。」

說笑間，二人的關係不知不覺又更近了一層。

「對了，昨晚你真的割破了兩個壞人的動脈？」

范衛衛忽然想起從昨天晚上就一直縈繞在心裡揮之不去的疑問，「你下手也太狠了，萬一真的死了人怎麼辦？你就成殺人犯了。真是的！」

商深眨眨眼，一臉調皮地說：「如果兩個壞蛋真的死了，早就有警察來抓我啦。我才沒那麼傻，真的劃破他們的動脈，真要是劃破了動脈，他們連工廠都跑不出去就死掉了，我只是劃破他們的手掌而已。唉，沒知識真可怕，手上哪裡有動脈？他們居然信了，可見即使是流氓也要有知識，如果是個有文化的流氓，昨天晚上就是我敗了。」

「你真的是……」

范衛衛愣了愣，似笑非笑的神情有幾分耐人尋味的意味。

「真的是什麼？」

「真的是讓人琢磨不透。」范衛衛眼波流轉，「我怕有一天被你賣了都不知道，還傻傻地幫你數鈔票呢。以前我覺得你不怎麼說話是因為內向才沉默寡言，現在明白了，你話不多是心中有事，不動聲色。」

「意思是，我是個深藏不露的高人了？」

商深哈哈一笑，抱了范衛衛一下，「就算我是深藏不露的高人，卻被你識破，說明你比我更高明。」

「啊！」猛然被商深一抱，范衛衛本能地防範動作，驚叫一聲跳到一邊。由於她動作幅度過大，上衣擺動間，露出了潔白細膩的腰肉。她的腰身盈盈一握，平坦光潔，白生生直晃人眼。

「討厭。」范衛衛白了商深一眼，眼神卻流露出歡喜和愛意，她整理了下衣服，「你智鬥兩個壞人的手段，比馬朵對付偷井蓋的人時的手法還要高明，還有水準，是不是說明你以後會比馬朵還有成就？」

「不能這樣比啦……」嘴上不承認，商深心裡卻還是有幾分高興，他感慨加嚮往地說道：「什麼時候有機會見見馬朵就好了，我對他的為人和經歷很感興趣，很想認識他。十三太幸運了，居然成為馬朵的員工，跟著馬朵，不愁沒有未來啊。」

「相信我，肯定有機會的。不過，我覺得你的結論太武斷了，跟著馬朵就一定有未來？」范衛衛不解地道：「你就真的這麼看好互聯網的未來？瀛海威都快倒閉了，當年多有影響多有前景？我覺得互聯網說不定一兩年就泡沫化了。以前有太多的例子，你還是回到現實為好，別抱著不切實際的幻想。」

「瀛海威一家的失敗不能代表一切，相反，成功的例子我可以舉出更多。」商深並不想說服范衛衛，只想陳述自己的看法，「互聯網也好，房地產也好，都會有泡沫化的問題，問題不在於有沒有泡沫，而在於能不能在擠掉泡沫之後還剩下什麼。互聯網從出現到現在還沒有幾年，卻已經影響到了人們的生活，說明互聯網比以往任何一項發明都更能帶來生活上的改變。任何能改變生活的發明，都將深遠地影響歷史。」

范衛衛還想和商深爭論幾句，轉念一想又收回了心思，她就算和他爭論一整天，恐怕誰也說服不了誰，何況未來到底怎樣，誰也不知道，反正現在她和商深過得快樂就好了。

商深現在一無所有，卻做著希望靠互聯網的浪潮一飛沖天的美夢，她也可以理解，有多少出身貧寒的年輕人想要成功，除了走捷徑之外，難道還要讓他們去投資房地產或是辦工廠？開玩笑，就算想也要有本錢才行啊。

說話間，范衛衛和商深來到了辦公室。

「你學的是資訊系統工程，應該負責電腦和網路方面的工作才對，怎麼被安排在辦公室，成了閒雜人等了？」范衛衛轉移了話題。

她的專業是行政管理學，跟著杜子靜算是理所當然，商深跟著杜子靜卻是浪費生命，她一心認定八成是畢工在背後做了手腳。

「你想，你來工廠對誰的威脅最大？肯定是畢工了。畢工是副總工程師，專門負責工廠的電腦和網路，而且很明顯，他的電腦知識很貧乏，對網路也很陌生，對程式設計更是一竅不通，你來了後，將直接威脅到他的地位，所以他乾脆不讓你接觸電腦，你再有本事也施展不了，就動搖不了他在工廠裡的威望了。」

坐在辦公桌前，范衛衛一邊擦著桌子，也不避諱杜子靜在場，直接說出了她的想法。

商深笑笑沒有回話，范衛衛的話帶有很大的私人偏見，以他的看法，畢工並沒有許可權直接插手人事部門的工作，二是畢工也未必想得那麼長遠，在他還沒來之前就先堵死他的上升之路。

以他對畢工的觀察，畢工的志向也不僅限於一家小小的儀表廠，畢工如果真的只在意儀表廠一地的得失，目光只盯著儀表廠的一畝三分地，他也太目光短淺了。商深相信畢工肯定不願意在儀表廠終老，以畢工的資歷和職稱，足夠調回部裡了，就看畢工是不是願意，會不會運作了。

「這事……說來複雜了。」杜子靜處理完手頭的工作，閒來無事，正好范衛衛挑起了話頭，她就有話要說了。

「衛衛說對了，一開始人事部門根據小商的科系，本來是要安排他到技術部門工作，專門負責廠裡的電腦和網路，人事處還專門徵求了畢工的意見，當時畢工也是贊成的態度。後來就在人事處準備上報批准的時候，畢工突然又改變了主意，找到了人事處，說商深剛剛大學畢業就負責工廠的電腦和網路，太年輕也經驗不足，萬一弄壞了電腦，弄癱網路，既造成巨大的損失，又不利於商深的個人紀錄。他認為還是先讓商深在辦公室鍛煉一段時間，熟悉了工作環境，瞭解工作流程之後，再讓他負責電腦和網路就順理成章了。」

作為工作多年的老人，杜子靜自然知道在辦公室什麼該說什麼不該說，辦公室政治是每個地方都存在的文化型態，如果沒有生存智慧，也不會混到現在的位置。

她之所以當著商深和范衛衛的面說出背後的實情，一是她對商深和范衛衛印象很好，覺得她應該像姐姐一樣照顧兩人，二是妹妹杜子清臨走時特意交代她，讓她多關照商深和范衛衛，杜子清說，商深和衛衛都是很好的人，以後會有很大的發展空間，在他們最艱難的開始階段和他們打好關係，以後等他們發達了，他們會記你一輩子的好。

除了上面的原因之外，畢工在為人處世上既生硬又不懂得變通，而且凡事喜歡斤斤計較，不但在許多事情上得罪過杜子靜，也和廠裡許多人都有過大大小小的衝突，她對畢工是積怨已久，總算有一吐為快的機會了。

「可是……」

商深十分驚訝杜子靜透露的內幕，也震驚於范衛衛居然一猜就中，比他看問題還透澈，不過他還是有幾分不解。

「我來工廠之前，畢工壓根就不認識我，也不知道我是誰，為什麼非要和我過不去呢？而且還是先贊成後反對的態度？」

「你算是問到重點啦。」杜子靜一副大爆內幕的口吻。

她和范衛衛一樣，剛接觸商深時，覺得商深老實得像個任人擺佈的軟柿子，經過這幾天的觀察，加上妹妹告訴她商深和葉十三的事，讓她對商深的看法徹底改觀，商深在靦腆的外表之下，其實有一顆世事洞明的玲瓏心。

范衛衛若有所思地搶白道：「先贊成後反對，說明了一開始畢工並沒有把商深當一回事，一定是後來有人對他說了什麼，他才改變態度，想要打壓商深……所以現在的問題就是：究竟是誰影響了畢工的決定？」

「畢京。」

杜子靜直接說出了答案。她探頭朝門口望了望，食指放在嘴上，示意商深和范衛衛小點兒聲。

「衛衛真聰明，一猜就中。你們別出去亂說，我可是相信你們才告訴你們這個秘密的。也不知道為什麼，在聽說商深要來儀表廠後，畢京特意從北京打長途電話給他爸爸，讓他千萬要防範商深，不能讓商深有上升的機會，所以接到兒子電話後，畢工就改變了主意……」

怎麼會是畢京？商深更是疑惑不解了，畢工和他素不相識，畢京為什麼要對一個既不認識又沒有什麼交集的人敵視呢？

不對，畢京雖然不認識他沒見過他，卻知道他，因為畢京是葉十三的同學！葉十三……商深不願意再想下去了，他不想去猜測這件事的背後，葉十三到底充當了什麼樣的角色，也不願意相信葉十三真會暗中針對他，因為他實在想不出葉十三的出發點是什麼。

「葉十三真是你的發小嗎？」

范衛衛是多聰明的一個女孩，瞬間就聯想到其中的關鍵環節，嘴角露出一絲輕蔑的笑意，「杜姐，你勸勸子清，讓她還是離開葉十三吧，葉十三這個人太陰險，早晚會害了她。」

「你別說，衛衛，我第一眼看到葉十三的時候，對他很滿意，他又高又帥，和子清很般配。但後來總覺得哪裡不對勁，想呀想呀總算想明白了，葉十三太讓人琢磨不透了，和小商完全不一樣。小商話不多，是靦腆，他話不多，卻是心思多算計多；葉十三帥是帥，卻讓人覺得陰沉，心機太深。可惜呀，妹妹不聽我的話，說她太愛葉十三了，離不開他。感情上的事，就是這麼沒有理智。」

一邊說，杜子靜還一邊大力搖了搖頭，似乎很有感觸，彷彿受過類似的情傷一樣。

一上午很快就過去了，基本上沒什麼事可做，午飯後，商深陪范衛衛辦了張當地的手機卡，范衛衛的手機終於正式啟用了。

她的手機是當時最高檔的款式，一支就是好幾千塊，讓商深羨慕之餘，不由更加對深圳心生嚮往了。

站在正午的陽光下，范衛衛瞇起了眼睛，手搭涼篷，朝烈日下的街道望了望，大街上空空蕩蕩，沒什麼人，除了無精打采的樹葉和沒完沒了的蟬鳴之外，整個城市似乎被太陽融化了。

對面路邊，有個老人在賣草帽。花花綠綠的各式草帽擺在一起，組成一幅五顏六色的圖案。

「走。」范衛衛拉起商深朝對面跑去，她心血來潮地道：「陪我買頂草帽。」

「買什麼草帽，還要花錢，我給你編一個不就得了。」商深用手朝街道的盡頭一指，「看，在麥地撿些麥秸就可以編草帽了。」

「你不但會程式設計，還會編草帽？吹牛吧?!」范衛衛才不相信。

「我不但會程式設計，會編草帽，還會編瞎話。」商深哈哈一笑，拉起范衛衛朝街道的盡頭走去。

街道的盡頭是一條柏油公路，公路兩旁就是麥地，麥子已經收割完畢，只留下一些麥秸在田地裡孤獨地堅守。遠處是大片大片的棉花田，呈現欣欣向榮的勃勃生機。

「知道什麼是粟米嗎？就是小米。小米比大米養人。」商深伸手摘下一根米穗，在手中擺佈幾下，「看，米穗像不像一部手機？如果有朝一日我有實力製造手機，我就叫它小米手機。」

「為什麼叫小米而不是大米？大米多好看。」范衛衛從商深手中接過米穗左看看右看看，「我不喜歡小米粥。」

「好喝不好喝只是個人的習慣問題。」商深若有所思地說，「你覺得大米手機會比小米手機好聽？小米聽上去既溫馨又感性，大米卻很俗氣，就像蘋果公司叫蘋果而不是叫香蕉，為什麼？蘋果聽上去有美感！而香蕉沒有。命名可是一門學問，不能隨意取。既要朗朗上口，又要容易讓人記住，其次還要既通俗又不庸俗，最後必須要有一定的內涵，三者缺一不可。」

「你懂得還挺多，說明你對互聯網很癡迷。不過你好像忘了一件事，蘋果公司都快要倒閉了。」

范衛衛笑道：「所以不管是叫蘋果還是叫香蕉都不重要，重要的是，說不定以後蘋果或是香蕉都成了過去式了。」

此時的蘋果電腦還沒有形成氣候，也沒有生產手機，在國內的名氣別說不如摩托羅拉了，連愛立信以及聯想都不如。不過商深卻很看好蘋果的未來，因為賈伯斯回歸了蘋果。

賈伯斯在一九七七年與沃茲共同創立了蘋果電腦，公司發展到一九八四年時，推出了革命性的Macintosh，但是賈伯斯卻在一年之後被CEO斯庫利掃地出門。丟掉了自己創建的蘋果公司，他只好另起爐灶成立NeXT公司。

沒有賈伯斯的蘋果公司經營狀況每況愈下，到一九九六年時，幾乎瀕臨倒閉。在不得已的情況下，一九九七年蘋果電腦公司以四億美元的價格收購賈伯斯另起爐灶的NeXT，連同NeXT公司一起，賈伯斯終於又回到他與沃茲在二十年前在車庫裡創建的「蘋果」。

「賈伯斯重回『蘋果』，一定會重新帶領蘋果公司走出困境。如果我有錢的話，現在就買進蘋果公司的股票，以後說不定會大賺一筆。」商深好心提醒范衛衛，「衛衛，你比我有錢，快去買蘋果公司的股票吧，相信我，回報率一定會好幾倍的。」

商深還是低估了賈伯斯的能力，賈伯斯重新掌管蘋果公司後，僅僅用了一年半的時間就讓蘋果峰迴路轉、起死回生，創造了其個人職業生涯中最大的一次鹹魚翻身的案例！數年後，蘋果公司的股票暴漲了百倍有餘。

以商深才初出校門就看好賈伯斯領導下的蘋果公司，已經很有眼光，很了不起了，這完全得益於他平常對IT行業的深入研究。

不過，此時的蘋果公司確實瀕臨了倒閉的邊緣，股價從一九九二年的每股六十美元，跌至一九九六年年底的每股十七美元，年銷售額也從一百一十億美元跌至七十億美元，市場分額更是從原本領先的百分之十二跌至百分之四，前景一片黯淡，幾乎看不到一絲曙光。

賈伯斯在一九八五年的內部權力鬥爭中失敗後，被迫離開了蘋果公司。

在離開蘋果後，他創立NeXT電腦公司，企圖與蘋果競爭，但是最終也失敗了。NeXT的硬體業務虧損嚴重，只剩下軟體業務，也就是作業系統還能與蘋果抗衡。NeXT公司開發的NextStep系統對後來微軟的Windows系統產生了深遠的影響。

在賈伯斯離開蘋果以後，由於缺少創新，蘋果公司每況愈下，接連更換了三名CEO都無法幫助蘋果擺脫破產危機。實在無計可施的蘋果公司甚至開始考慮採用微軟的Windows系統，只不過把其美化一下使之更像一台Mac，賈伯斯聽到這個消息後，立刻找到當時的蘋果CEO，希望蘋果採用NeXT的作業系統。加之董事會也紛紛要求把賈伯斯請回蘋果，因此最終蘋果以收購NeXT的方式，讓賈伯斯回歸了「蘋果」。

別說范衛衛對IT行業以及互聯網的前景並不看好，即使看好，她也沒有理財的想法，由於家境富裕，她從來對這方面缺乏動力。

「不買股票，更不買蘋果公司的股票，不對，應該是不買任何IT行業的股票。」

從小在南方長大的范衛衛沒有見過小麥和粟米，她對小麥和小米的新鮮和好奇感超過蘋果公司，開心地驚呼一聲，就要跳到田地裡，才有所動作，就被商深趕忙抱住她的腰，阻止她跳下去。

由於抱得急了些，雙手不小心便接觸到她的腰部。夏天本就穿得單薄，范衛衛的身體柔軟富有彈性，商深瞬間感覺到自己的身體差點又要起反應了。

放眼望去，天地之間除了清風，除了綠色的莊稼之外，就只有他和范衛衛，這種氣氛下，讓人心更容易靠近，他的本意是想阻止范衛衛跳到田地中扎傷了腳，但在抱住范衛衛後，卻不想放開了，他將頭埋在范衛衛的肩膀上，任由陽光照耀，輕風吹拂，沉醉在范衛衛的溫柔中。

「光天化日之下，商深，你幹嘛呀！」

范衛衛羞不可抑，想要掙脫商深，卻又有心無力，只覺全身沒有骨頭一樣，渾身軟綿綿的，一點兒力氣也沒有。

「你放開呀，讓人看見多不好。」

「不要。」商深雙手抱得更緊了，「衛衛，我真的很喜歡你。」

「我知道……」

范衛衛的聲音也低了下去，幸好旁邊有一棵粗大的柳樹，可以遮擋她和商深的身影，也不知是艷陽的威力還是柔情的關係，她感覺自己快要融化了。

「我也喜歡你……你先放開我好不好，商深，別鬧，聽話，放開我。」

商深像個貪婪的小孩不肯離開母親的懷抱一樣就不鬆手，田地的氣息混合范衛衛的體香直撲入鼻，讓他沉迷其中不能自拔，范衛衛柔軟的身軀以及隨風飄揚的秀髮，讓他第一次強烈感受到異性的美好。

「求求你，放開我好不好？」范衛衛又羞又急，她知道商深動了情，也喜歡商深的擁抱，只是擔心在光天化日之下被人看到。

「等回宿舍後，你想怎麼抱都行，好嗎？」

范衛衛的哀求和暗示更加激發了商深的激情，哪個少年不多情，哪個少女不懷春，商深陷入了迷亂的狀態，他的嘴唇親吻在范衛衛潔白的脖頸下，接著繼續探索她嬌豔的紅唇所在。

范衛衛再也無力抵抗了，徹底被融化在商深的柔情和男人的氣息之中，她閉上眼睛，長長的睫毛顫抖，既充滿期待又有幾分害怕，就如一朵含苞欲放的鮮花，等待被人採摘的最美時刻。

「嘖嘖，好戲上場了！」

「哎呀還真是，親嘴了，親嘴了！」

正當商深眼見就要直搗范衛衛的雙唇時，兩個陰陽怪氣的聲音在身後響起，頓時嚇了他和范衛衛一跳。驚醒之餘，趕緊回頭一看，柏油公路上站著兩個人，一個長得又黑又胖，另一個則是又白又瘦，還戴了副壞了一隻腿的黑框眼鏡。兩個人騎著一輛自行車，黑胖騎車，白瘦坐車。

不是別人，正是昨天晚上半夜摸到范衛衛房間的黃漢和寧二。

「呦呦，我當是誰呢，原來是你啊，臭小子，真是冤家路窄，看你今天還能不能耍花招！」

見是商深，黃漢頓時又驚又喜，跳下自行車，活動活動筋骨，就要準備動手。

昨晚他和寧二如喪家之犬，一口氣跑到醫院，慌慌張張地衝進急診室，邊跑還邊大喊救命，唯恐晚一步真會因失血過多而死。等醫生來後，只看了一眼，就譏笑他們小題大做，說根本就是普通的外傷，上點藥包紮一下就好了，用不著大呼小叫。二人才知道上了商深的大當，被商深當猴耍了，二人氣急敗壞，發誓一定要讓商深知道他們的厲害。

沒想到他們還沒有去找商深算帳，在要去串親戚的路上，看到田地裡有人抱在一起，本想看個熱鬧的，一瞧居然是商深和范衛衛，不由大喜過望。

商深也沒想到又和黃漢、寧二狹路相逢，急忙思索脫身之策。

黃漢和寧二卻不再給商深時間，二人對視一笑，如惡虎下山一般，扔下自行車就朝商深和范衛衛撲了過來。

「喂，一一〇嗎？我要報警！」

第五章

# 命運轉了個大彎

畢工的理由無法讓人懷疑他的出發點不是為了商深好，
所以他的提議一致獲得了通過。
就這樣，商深的命運陡然轉了一個大彎，
在畢工的特殊照顧和關愛下，
從無所事事的辦公室進一步流放到車間，離他的網路美夢更遠了。

就在黃漢和寧二以為商深和范衛衛再也無路可逃之時，卻見范衛衛手中憑空多了一部手機，還打出了報警電話，兩人一下愣住了。

他倆縱橫德泉縣多年，打架無數次，還從沒遇到過在打架前有人報警的先例，往往都是雙方一哄而上，然後混戰成一團，也沒有人會報警。

打架本來就是私下的事，驚動警察幹什麼？在二人的邏輯裡，打架這樣的小事根本不該由警察來管，殺人放火一類的大事才值得警察出面。

范衛衛的報警電話讓他們卻步了，心裡很清楚警察不抓他們是懶得理他們，如果被抓，誰身上不是一屁股屎？

怎麼辦？黃漢和寧二對視一眼，想起昨天晚上的事，如果真的被抓了，不提以前的惡行，只提昨晚的事就夠他們喝一壺了。

但如果范衛衛一個電話就嚇得他們抱頭鼠竄的話，也太丟人了，黃漢眼睛轉了轉，瞬間做出了決定——他向前一跳，來到商深面前，舉起右手，使出全力朝商深的臉上打去。

就算警察來，也不會說來就來，最少要十分鐘時間，十分鐘可以做很多事了，比如揍商深一頓；比如可以摸范衛衛幾下，甚至還可以乘機搶了范衛衛的手機……

黃漢看到范衛手中的手機可是價值五六千元的好手機，他以前只聽說過，見都沒見過，據說全縣才只有一部，連縣長都沒有，只有郝彬有。郝彬可是縣裡的首富，是百萬富翁。

上次吃了商深偷襲的虧，黃漢以為這次正面光明正大的出手，商深肯定躲不過他的雷霆一擊。文弱書生一般的商深必然會被他一著擊中，然後倒地不起。不料，就在他手臂揮出去的一刻，商深突然從他眼前消失了。

對，就如電影特技一樣，眼睛一眨就憑空不見了。

黃漢驚得差點眼珠掉在地上，媽呀，活見鬼了不成？

一個大活人絕不會憑空消失，黃漢沒有看清商深是怎麼做到的，在他身後的寧二卻是看得一清二楚——商深早有準備，在黃漢剛衝到面前的時候，商深就動了，一個彎腰轉身，繞到了黃漢的身後。

黃漢和商深所站的地方是個斜坡，由於黃漢居高臨下的緣故，沒有注意到商深所站的地方有個深溝——公路兩旁和田地之間，通常都會有一條排水溝，或大或小，或深或淺——商深以逸待勞，利用地理優勢，只微微彎腰就躲開了黃漢的致命一擊，而且還輕鬆地一跳，就跳到了黃漢的身後。

寧二暗道不好，還沒有來得及開口提醒黃漢小心身後，商深已經出手了，不，準確地說是出腳，一腳飛出，正中黃漢的屁股。

黃漢「媽呀」一聲，雙臂伸開，如大鵬展翅一般朝前飛去——確實是飛，深溝雖然不寬，卻夠深，黃漢就如折斷翅膀的鳥人，一頭栽倒在溝底。

寧二怒極，如果說上次被商深得手是因為商深陰險狡詐，欺騙了他和黃漢幼小而善良的心靈，那麼這回商深再一次搶佔先機，到底是因為商深太奸詐，還是他們太蠢笨？

不管是哪一種原因，反正他氣得暴跳如雷，凌空飛起一腳，直朝商深的腦袋踢去。

這一腳要是踢中了，商深絕對會當場昏迷。商深一腳踢飛了黃漢，力道已經用盡，現在根本來不及轉身，就算及時轉得過身，也躲不開寧二的致命一擊了。

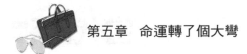

范衛衛豈能讓商深受到傷害，剛才和商深的溫存讓她已視商深為心中至愛，情急之下顧不了許多，揚手扔出一件物品，直奔寧二面門而去。

寧二滿以為可以一腳踢倒商深，不料人在半空，忽然一件東西迎面飛來，黑呼呼一件長方形東西，像是一塊磚頭，他嚇得不輕，如果被一塊磚頭打中面門，他英俊的形象說不定就被毀容了，當即顧不上再對商深下腳了，手向前一伸，抓住飛來的東西。

不得不承認寧二確實身手敏捷，人在半空居然也可以如猴子一般靈活，到底長得尖嘴猴腮，原來還真有猴子的潛力。不過接住了飛來的東西，寧二就顧此失彼，顧不上攻擊商深了。

他人在半空，看清了手中抓住的不是一塊磚頭，而是一部手機時——正是范衛衛手中價值昂貴的手機，頓時一陣狂喜，得來全不費功夫，好東西竟然主動送上門，太開心了。

欣喜若狂之下，他渾然忘記自己人還在半空，等驚醒過來之後定睛一看，頓時大驚失色——由於手機的意外出現，他一時走神，結果導致他實際落地的地方和他預計落地的地方出現了偏差。

他原本預計落地的地方是一個土坡，現在落地的地方卻是黃漢之前栽倒的那個水溝，寧二想要調整姿勢為時已晚，「媽呀」，伴隨著一聲怪叫，「撲通」一聲也掉進了水溝中，很幸運地砸在黃漢的身上。

「你是豬呀。」

黃漢在溝底正在努力地想爬起來，卻又被寧二砸個正著，才爬到一半的他又跌落到下面，他算是深刻體會到那句話——不怕神一樣的對手，就怕豬一樣的隊友——的感覺了。

好在是鬆軟的黃土，摔在上面不會摔斷胳膊腿，但也摔得不輕，黃漢和寧二身上臉上全是土，水溝裡正好還有些水，混雜在一起，二人立馬成了泥人。黃漢和寧二火大極了，二人發瘋一樣向上爬，發誓要把商深打成豬頭，讓他媽都認不出來他是誰。

「活該！」范衛衛樂了，被黃漢和寧二的狼狽樣逗得咯咯直笑，她彎腰撿起一塊土塊，扔向黃漢，「砸死你，豬頭，臭流氓，混帳東西……」

不過范衛衛罵人的水準實在有限，翻來覆去就那幾個詞。

商深不禁啞然失笑，一把拉過范衛衛：「還不快跑，等他們爬上來就跑不掉了。哎呀，你的手機……」

此時他才發現范衛衛的手機居然在寧二手中，再一想才想起來，是范衛衛為了救他，不惜扔出手機去砸寧二。

「沒關係，不要了，一支手機而已。」

見商深想回去搶手機，范衛衛心生感動之餘，又不免嗔怪商深過於在意東西而不愛惜自己，用力一拉商深，「手機哪有人重要，不要了，快跑。」

范衛衛自然不知道商深從小習慣了節儉，他一年的收入才不過兩三百元，一支五六千元的手機在他眼中可是非常昂貴的奢侈品。

商深雖然不捨，卻也知道和錢相比，還是小命重要，於是兩人轉身就跑，不料才一轉身，范衛衛忽然腳下一歪，「哎喲」一聲，高跟鞋的鞋跟深入到泥土中，崴到腳了。

范衛衛暗道不好，一臉歉意地說：「真不好意思，又拖累你了。」

「這不叫拖累，」商深反倒冷靜下來，一臉鎮定，「這叫同甘共苦。」

這句話說得范衛衛心中溫暖無限，也不覺得害怕了，握住商深的手，「不過，我要告訴你一個不幸的消息……」

她吐了吐舌頭，一臉愧疚地小聲說道：「剛才我太急了，報警的時候忘了撥出號碼。」

「啊？」商深哭笑不得，這麼說，是等不來警察了？

此時，黃漢和寧二已經從水溝裡爬了上來，二人跟泥猴一樣，渾身上下沒有一處乾淨的地方，不對，寧二的右手還算乾淨，因為他右手握著手機，為了保護手機，使出了渾身解數，時刻高舉著右手，總算保住了手機的清白——他怕手機被水弄濕，壞了就太可惜了。

雖然是范衛衛的手機，在他抓到手裡的一刻起，他就當成是自己的了。

雖然狼狽，渾身酸疼，不過見商深和范衛衛沒跑成，眼見又將羊入虎口，黃漢和寧二一陣獰笑，圍了過來。

「跑呀，怎麼不跑了？有本事再跑試試！不跑了吧？今天好好讓你長長記性，看你下次還敢不敢放肆。」

商深心想既然逃不掉，不如坦然面對，不慌不忙地呵呵一笑：「黃哥是吧？畢京和葉十三都走了，你和寧二怎麼還和我過不去？犯不著吧？」

他上次聽到對方喊瘦的叫寧二，而寧二叫黑胖「黃哥」。

黃漢還以為商深會嚇得屁滾尿流，不想商深居然一副若無其事的樣子，微微一怔，怒道：「你差點害死我和寧二，還想讓我們放過你？你傻到家了吧？我警告你，你在德泉一天，我就一天和你沒完。除非你離開這兒，否則，嘿嘿，你別想有好日子過了。」

商深提及畢京和葉十三的名字，是想知道黃漢到底是受誰指使，不料黃漢倒也機靈，沒接他的話。

寧二一拳打在商深的肩膀上，又雙手按壓手指弄得啪啪直響：「黃哥，少跟他廢話，先修理他一頓再說。」

「動手！」

黃漢舊仇新恨一起湧上心頭，朝寧二使了個眼色，二人就要對商深拳打腳踢，好讓商深品嘗一下死去活來的痛苦。

范衛衛還想護住商深，卻被商深推到了一邊，她絕望地閉上眼睛，看來這次商深再有辦法也逃不過去了，心裡十分懊悔當時怎麼一緊張就忘了撥號了呢，要不現在警察早來了。

商深將心一橫，人在江湖飄，哪有不挨刀，算了，讓黃漢和寧二打他一頓又有什麼?大不了以後再還回來就是了，當年韓信還能忍胯下之辱，他不過是被打上三五拳，踢上兩三腳罷了。

「黃漢、寧二，你們在幹什麼?」

眼見黃漢和寧二的拳頭就要落到商深的身上時，突然一個威嚴的聲音響起，如炸雷一般在身後炸響，嚇得黃漢和寧二生生打了個哆嗦。

柏油公路上站著一個人，上身穿一件洗得泛黃的襯衣，下身穿著綠色軍裝褲子，頭上還戴了一頂草帽，不是別人，正是畢工。

「畢叔!」

黃漢和寧二畢恭畢敬地叫了一聲「叔」，不敢再對商深動手，兔子一樣跑到了公路上，推起自行車就跑。

「以後你們再敢欺負商深，我饒不了你們。」畢工衝二人的背影大喊一聲，氣勢十足。

兩人怎麼也沒有想到，關鍵時刻竟然是畢工救了他們，商深拉著范衛衛來到畢工面前，朝畢工點了點頭：「謝謝畢工。」

「縣裡的小混混不少，以後沒事少惹他們。」畢工擺擺手，摘下草帽扇了扇，「商深，有件事我想要和你商量一下……」

范衛衛聽了很有些氣不過，明明是黃漢和寧二故意找他們麻煩，怎麼反倒成了商深和她惹事了？她想說個明白，還沒開口，見商深朝她使了個眼色，又暗中搖了搖頭，話到嘴邊只好咽了回去。

「您有什麼指示？」

畢工畢竟幫了他們，雖然黃漢和寧二對他不利的背後到底有沒有畢工的影子就不好說了，場面上的文章還是必需圓滑點，商深拿出應有的態度，尊敬地問道。

「不是指示，是和你商量……我覺得你在辦公室工作，不利於你的成長，所以想讓你換個工作崗位。」

商深沒想到畢工突然提出讓他換工作崗位，他一下猜不透畢工的真正用意，就含糊其詞地說道：「我服從安排。」
只說服從安排，沒說服從誰的安排，商深故意留了一個後路。
畢工聽出商深話中的陷阱，暗暗一笑，才多大就想和他鬥心機，自己吃的鹽比商深吃的飯都多，自作聰明，哼，不過是個笨小子罷了。
「服從安排就好。」畢工點點頭，沒再說話，只顧推著自行車朝前走。
畢工不說話，商深也識趣了閉上嘴，他和范衛衛落後畢工半米，跟隨在畢工身後，一路回到了工廠。
還以為到了工廠，畢工會把話說完，不料畢工沒再理會商深，轉身就走了，倒讓商深頗為鬱悶，到底畢工想怎麼安排他的下一步，倒是說個清楚啊，怎麼話說一半就沒下文了，讓他的心懸在半空落不下去。
范衛衛的心思卻不在商深的下一步之上，她一回到辦公室就拿起電話，撥打了一一〇。
「一一〇嗎，我要報警，我的手機被人搶了，對，是手機，牌子是摩托羅拉，市價六千八百元……」
范衛衛不是心疼手機，對她來說，手機雖然是貴重物品，但還不至於讓她放在心上，她是不想太便宜了黃漢和寧二，想好好懲治兩人。

「搶我手機的人，一個又黑又胖像肥豬，一個又白又瘦像瘦猴，肥豬姓黃，名字叫什麼不知道，瘦猴叫寧二，我不認識他們，是聽別人說起他們的名字，所以就記住了。是的，我不是本地人，是來儀表廠實習的學生，如果這件事被新聞媒體曝光，說是來實習的女大學生在縣城手機被搶，肯定會引發社會議論，說是你們的治安太差了……」

范衛衛最後的那些話可說是個大殺器，首先她的學生身分，無形中會提升手機被搶事件的分量，其次，她提到新聞媒體，一定會引起上面的重視，隨著社會風氣的轉變，媒體的監督作用越來越引起地方政府的重視，最後一點，六千多塊的東西足夠刑事立案了，也就是說，她的報警電話直接把黃漢和寧二推到了一個大坑中。

而且還是一個巨大的火坑！

范衛衛的電話讓商深先是一愣，隨後搖頭笑了，范衛衛真是個聰明絕頂的女孩，這一手太漂亮了，不但可以懲治黃漢和寧二，也算為德泉百姓除掉一害。

「什麼，你的手機被人搶了？是黃漢和寧二幹的好事？」杜子靜驚訝地張大了嘴巴，「這兩個混蛋平常就遊手好閒，不務正業，雖然偷雞摸狗的壞事幹了不少，但還沒有搶過手機。沒想到賊心不死犯了大事，唉，一個人一兩年不務正業並不難，難的是一輩子不務正業。完了，這兩個混蛋完了。」

杜子靜的一番話頓時讓商深對她刮目相看，尤其是「一個人一兩年不務正業並不難，難的是一輩子不務正業」的精彩評論，讓他很有耳目一新的感覺。

放下電話，范衛衛得意地拍手一笑，向杜子靜簡單地講述事情經過。杜子靜先是為了商深力拼黃漢和寧二叫好，又為兩人被黃漢和寧二逼得無路可退時擔心，她的表情配合范衛衛的講述，更是戲劇感十足。

講到畢工想讓商深換個工作崗位的時候，杜子靜愣住了，想了想說道：「我聽到的消息是，畢工提了總工後，會調到北京部裡工作，會不會他臨走前，想把商深調到技術處負責電腦和網路呢？如果真是這樣的話，商深，你的機會就真的來了。你在這兒真的太大材小用了，辦公室都是些瑣碎的事務性工作，別說大學生了，就是初中畢業生都能幹得來。」

正說話時，桌上的紅色電話忽然響了。

杜子靜接了電話，說了幾句話後放下電話，對商深和范衛衛說道：「我去開個會，一會兒就回來，你們等我，晚上去我家吃飯。」

走到門口，又想起了什麼，拿出一把鑰匙扔給商深，眨了眨眼睛，神秘地一笑：「辦公室的長途電話鎖了，給你們鑰匙，給家裡打個電話吧。」

真是個熱心腸的好大姐，商深感激地朝杜子靜點了點頭。

在電話費高昂的九十年代，許多單位的電話都鎖了長途，防止通話費過高。商深先給家裡打了個電話報平安，又說了幾句閒話就掛斷了電話。范衛衛沒打，她早就用手機打過了。

如果真如杜子靜所說，畢工要調他到技術處負責電腦和網路工作，就太好了。對此，商深充滿了期待，他學的就是資訊工程，只有電腦和網路才是他的用武之地，對於目前無事可做的狀態，實在是浪費生命。如果真這樣下去，一年後，別說可以超過畢京了，恐怕連畢京的背影都看不到。

「商深……，我覺得儀表廠不適合你，要不，跟我去深圳發展好不好？」范衛衛大膽地說出了心中的想法，在儀表廠不但委屈了商深，而且從目前的形勢來看，只要畢工在儀表廠一天，商深就沒有出頭之日。

再者說，就算在儀表廠混到畢工的位置，又能有多大出息？范衛衛愈發覺得商深是塊璞玉，只不過沒有被放對位置。一旦放對了位置，商深會激發出無窮的潛力。

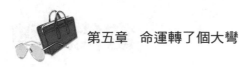

「好呀。」商深不置可否，「如果深圳有合適的發展機會，留在深圳也不是不可以。」

深圳不但是最早改革開放的地方，也是IT行業的發達之地，商深很嚮往深圳，不僅僅因為深圳有一個和「中關村」科技園區齊名的「賽格」，還有一個馬化龍。

不知道為什麼，商深對從未謀面並且素不相識的馬化龍印象很好，或許是互聯網接近了人和人之間的距離，讓他總以為他和馬化龍同在一片藍天下，同在一個網路上，近在咫尺。

一個小時後，杜子靜回來了，一進門，她先喝了一大杯水，然後快語如珠地說道：「好多事，不知道該說哪一件啊。還是先說我的事吧，小商、衛衛，我要調到北京了，恭喜我吧。」

「部裡重新調整了人事，從廠裡調了幾個人到部裡工作，有我，還有畢工。沒想到，我還有到北京工作的一天，真是天大的好事。不過去了北京，就照顧不上家裡了，真是有一好沒有兩好呀。對了小商，會上也重新安排了你的工作崗位……你別沮喪，也別失望，不要在意一時的得失，在一線車間鍛煉一段時間，對你的經歷也不是沒有好處……」

「什麼？讓商深去車間？」范衛衛一拍桌子站了起來，「算了商深，不幹了，辭職走人，咱們不受這份鳥氣。」

開會的時候，畢工提出讓商深到車間鍛煉，說是可以更好地讓商深成長，和一線的車間工人多接觸多交流，有利於商深更加實際深入生活，從而為商深以後走向更重要的崗位奠定基礎。

畢工的理由很充分，商深的專業雖然是資訊系統工程，是高科技，但高科技如果不能具體應用到生產之中，也只是紙上談兵，所以讓商深先具體接觸一下儀表的生產過程，以後再從事管理工作，可以更駕輕就熟地做好。

必須得說，畢工的理由無法讓人懷疑他的出發點不是為了商深好，所以他的提議一致獲得了通過，沒人反對——杜子靜想反對也沒有資格，她在會上只有旁聽的份兒，沒有發言權。

就這樣，商深的命運陡然轉了一個大彎，在畢工的特殊照顧和關愛下，從無所事事的辦公室進一步流放到車間，離他的網路美夢更遠了。

畢工在離開工廠前，還煞費苦心地為商深安排一個「大好前途」，商深至此完全相信畢工對他無比特殊照顧的背後，肯定另有深層的原因。

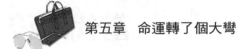

「我要是在的話，還能照顧你一下，可惜我也要去北京了，不過，商深你也不要意氣用事，別動不動就辭職，到車間待一段時間，也未必不是好事。」杜子靜以過來人的老大姐身分苦口婆心地開導商深，「我剛來廠裡的時候，也在車間幹過半年。」

「時代不同了，杜姐，況且你當年只是高中畢業，沒有選擇，商深可是名校高材生，還是電腦高手，他有選擇的機會，也有選擇的本錢！」

范衛衛也不怕杜子靜不高興，很不客氣地反駁了杜子靜，「你也別勸他了，杜姐，我已經決定了，帶商深去深圳！」

「小商，你真的要辭職去深圳？」

杜子靜嚇了一跳，她習慣了安穩，在她看來，儀表廠的收入雖然一般，但勝在安穩，是國營企業，跳出公家單位去南方打工，要冒很大的風險。

「離家那麼遠，又人生地不熟的，千萬不要衝動啊。」

對范衛衛言語中微帶攻擊的嘲諷，她並不以為意，也是她神經大條慣了，壓根就沒有往心裡去，反而真心地勸著商深。

商深正要說什麼，門一響，畢工推門進來了。

畢工滿面春風，徑直來到商深面前，拍了拍商深的肩膀，語重心長地說道：「商深，你不要有壓力，也不要認為廠裡對你不夠重視，下到基層鍛煉其實是好事，只有經過在車間一線的經驗，才能體會生產過程的每一個環節，讓你在以後的工作中更進入狀況。基礎打牢了，高樓大廈才能拔地而起，對吧？我當年也在車間幹過一年半，每次回憶起那段經歷，我都覺得是最寶貴的人生財富……」

不得不說，畢工的表演很是到位，表情誠懇，語氣真誠，一臉和善的笑容讓人如沐春風，任誰看了都會覺得畢工對商深的關心是真心實意，就如前輩對晚輩的殷殷囑託，是扶上馬再送一程的提攜。

「切……」范衛衛忍不住譏笑出聲，冷眼打量了畢工幾下，「畢工，時代不同了，經驗有時候是財富，有時候卻是包袱，是累贅。你們的時代已經一去不復返了，現在是時間就是金錢的時代，誰有時間到車間去耽誤一年半載的青春？你的理論過時了，一年半載太久，只爭朝夕。對不起，你的所謂好意，商深心領了，他已經決定辭職了。此地不留人，自有留人處，世界那麼大，誰會傻到非在一個地方苦熬十八年啊？」

「你……」畢工被范衛衛嗆得無地自容，怒道：「哼！ㄚ頭片子！我走的橋比你走的路都多，跟我講大道理，你懂個屁！」

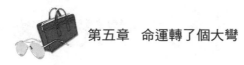

「我不懂屁，你懂！」范衛衛不甘示弱，繼續反唇相譏：「你今年五十多歲了吧？從小到老一直在北方吧？北方水少，沒多少橋，估計你走過的橋不超過一百座，好吧，勉強算你一百座橋，一座橋按一千米算好了（作者按：實際上北方橋少，一千米的橋更是幾乎沒有。）一百座橋是一百公里，你走的橋滿打滿算才一百公里，我從深圳來到北京就兩千多公里了，更不用說我從小就到處旅遊，中國都走遍了，也出國好幾次，請問畢工，你走的橋怎麼就比我走的路多了？人老了，應該自尊自愛，不要倚老賣老，更不要為老不尊。」

真是個伶牙俐齒的丫頭，杜子靜很想忍住笑，實在忍不住，只好轉過身去，不讓畢工看到她幸災樂禍的大笑。

商深也笑了，儘管笑得很含蓄很無奈，范衛衛的反擊固然有幾分無理取鬧的意味，也對畢工有些不恭，但畢工也確實欺人太甚了，他臉皮薄，心腸軟，不好意思當面揭穿畢工假借照顧之名行發配之實的虛偽，還好范衛衛把話當面挑明了，也省得讓畢工以為他真的又傻又笨又軟弱可欺。

商深善良是善良，不願意主動去招惹欺負別人，但如果有人覺得他人善被人欺就大錯特錯了，他一向遵循的原則是——人不犯我，我不犯人；人若

犯我，禮讓三分；人再犯我，我還一針；人還犯我，斬草除根！

算起來，從開始時橫插一腳把他從技術部踢到辦公室，是畢工第一次犯他，到現在要離開了，還想方設法發配他到車間，是第二次犯他。范衛衛對畢工的反擊，算是替他還了一針。如果還有第三次犯他的話，商深心中冷哼一聲，他就要還手了！

畢京對他所下的黑手和所做的一切，他也會另外記上濃重的一筆。

「范衛衛，你太過分了！」

范衛衛當著商深和杜子靜的面讓他下不來台，使畢工惱羞成怒，在儀表廠多年，身為副總工程師，不，現在是總工了，他在廠裡的地位和資格僅次於廠長，誰見到他不是恭恭敬敬，禮讓三分?!現在一個大學還沒有畢業的黃毛丫頭居然敢對他指手畫腳，讓他再難保持鎮靜，終於撕下了偽裝。

「信不信我一句話就可以讓你結束在儀表廠的實習，立馬滾蛋?!」他忍無可忍地威脅說。

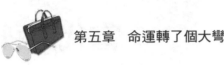

「謝謝。」范衛衛不但不怕，反而笑了，「請你趕緊讓我和商深滾蛋吧，我們巴不得離開這兒，離你這樣的敗類遠一點。」

「好了，不要吵了，畢工，衛衛還年輕，不懂事，你別和她一般見識，別往心裡去。」

杜子靜見事態有失控的跡象，再不出面解圍就顯得她太隔岸觀火了，忙出來打圓場。

「衛衛，你少說幾句，畢工也是為了商深好，鍛煉商深的方式也許不適合時代的發展，但他的出發點是好的，你得理解畢工的一番苦心。」

杜子靜的話明顯有拉偏架的意思，暗中不輕不重地刺了畢工一下。

畢工氣得滿臉漲紅，用手指著范衛衛的鼻子：「范衛衛，我會向廠裡彙報你的所作所為，你的實習評定是不及格！」

范衛衛來工廠實習，實習期滿，還需要實習單位蓋章，並且評定她的實習成績。畢工作為工廠的總工程師，在范衛衛的實習成績評定上有一定的評分權。

而實習成績將會影響到范衛衛畢業後的分發，在工作還是分發的年代，大學畢業後會根據各項成績和實習成績進行綜合評定，然後推薦給用人單位，如果成績好，排名高，又是重點大學的畢業生，分配到國家機關和部委或是大型央企都不在話下，許多鄉下出身的鳳凰男，甚至一步登天，從偏僻的鄉村留在北京最高權力機關。

所以實習期間的評定分數至關重要，畢工拿分數來要脅范衛衛，也是自認可以一舉拿住范衛衛的軟肋，讓范衛衛屈服。

只不過畢工不知道，南方沿海城市和北方內陸城市在思想觀念上的差距頗為巨大，在北方依然是追求安穩的保守想法，而在南方，穩定工作已經不再是首選，依靠經商富裕起來的人，他們財富的迅速積累衝擊了許多人的觀念，許多人已經開始在尋找新的出路、新的商機和新的生活方式。

如果畢工知道在未來的十幾年間，隨著互聯網的興起，不但人們生活方式發生了翻天覆地的變化，而且互聯網還顛覆了許多傳統行業，締造了許多神話和傳奇，他肯定會後悔沒有早些置身到互聯網的大潮之中。

未來一二十年的巨變，是歷史上從未有過的巨大變革，不符合時代潮流發展的事物其淘汰速度，遠超過任何歷史時期，有太多人在一愣神的工夫才恍然發現早被歷史的滾滾車輪輾壓了，甚至連思索的機會都沒有。

## 第六章

# 關鍵第一步

當商深正式說出要辭職的決定時，杜子靜嚇了一跳，正要開口勸商深不要衝動時，范衛衛卻歡呼起來了。「太好了，商深，你終於有勇氣邁出關鍵的第一步了，不破不立，相信我，離開儀表廠，你的人生才更精彩。」

「不及格就不及格，有什麼了不起。」

范衛衛不但沒有畢工想像中的驚惶失措，反而十分淡定，「反正畢業後我也不打算服從分配，我要自己創業。」

其實范衛衛還有話沒有說出口，如果她當眾說出她的家境的話，會讓畢工震驚得張口結舌。以她的家境，別說一個實習評定了，就是一份月入幾千的工作她也不會在乎。

「好，好，好……」

畢工一連說了幾個「好」字，被范衛衛逼得居然無招可使了。

范衛衛說得沒錯，如果不打算服從分配，自謀出路的話，實習評定根本是廢紙一張，沒什麼用處。

他心中怒火沖天，扭頭看向商深，咬牙說道：「商深，你是不是也不想在儀表廠待下去了？」

「還沒想好……」

既然范衛衛和畢工已經撕破了臉，商深再和畢工客氣也就太虛偽了，他老實地說：「是走是留，看看形勢再說，不過這事就不勞您費心了。」

嘴上這麼說，其實商深心中已經有了決定。許多時候，一個人距離成功並不遠，只差奮力一躍的距離，但往往大多數人缺乏奮力一躍的勇氣。

「行，有種。」畢工在范衛衛面前碰的是牆壁，在商深這裡碰的是軟釘子，范衛衛和商深還真是一對互補的活寶，他知道再待下去也沒有什麼意義了，除了自取其辱之外。

他冷哼一聲，「等著瞧吧。」說完，轉身就走。

剛走到門口，辦公桌上的電話忽然響了，杜子靜伸手接聽了電話，只說了一句就遞給商深：「小商，找你的，北京來電。」

北京打來找商深的電話？會是誰呢？畢工一隻腳在門外，一隻腳在屋內，豎起了耳朵。

「你好，我是商深。」

商深也納悶會有誰找他，他才來幾天，知道他辦公室電話的人極少。

「請問哪位？」

「是我，仇群。」

電話中傳來微帶南方口音的普通話，仇群的語氣親切而熱烈：「我就閒話少說，直奔主題了。是這樣的，上次你修復驅動程式的事，我回來向張總說了，張總對你讚不絕口，說驅動程式有缺陷的問題，公司的技術人員早就知道，只是一直沒有找到解決方法，後來還請了許多高手聯合攻關，花了一個月時間也沒有攻克，沒想到這麼難解決的困難竟然被你在半個小時內就解決了，張總說，希望你可以來八達上班，待遇什麼的都好談。」

「……」商深愣住了，范衛衛果然沒有猜錯，仇群真的想挖角！

他在儀表廠被畢工步步緊逼，眼見無路可退時，忽然有一條更寬闊更光明的大道出現在眼前，他是邁上去還是留在原地，幾乎是不用思索的問題。這麼說來，當時他主動為仇群解決印表機故障問題，就是奮力一躍的勇氣。

張向西居然對他讚不絕口？商深有受寵若驚的感覺，張向西作為網路前輩，在圈子內名氣太大了，想當年，他可是響噹噹的軟體奇才和第一程式師。能被他賞識，說明他在程式設計上確實有超常之處。商深信心大增！

商深的沉默讓仇群誤以為商深猶豫不定，其實商深也確實是在猶豫——他對離開儀表廠已經沒有什麼留戀，猶豫的是他已經答應范衛衛要和她一起去深圳，而現在仇群卻是要他留在北京。

是留在北京還是南下深圳？人生的對與錯，有時往往就在於一個關鍵的選擇。

「你可以先來公司看一看，感受一下公司的企業文化和氛圍再做決定，

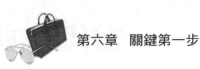

正好我還有一件事要請你幫忙，公司有一批即將出廠的印表機出現了問題，啟動不了，請了許多人都沒能解決……」

仇群儘量讓自己的語氣委婉一些，現在商深還沒有發現自己身上蘊藏的巨大的商業價值，他需要的是慢慢引導他，既不能讓商深過早地意識到自己非常值錢，又要讓商深知道他可以憑藉自身的本事賺錢，而不是窩在一個偏僻的工廠裡虛度光陰。

簡單點說，就是才能既讓商深為他所用，又不讓商深要價過高。

「當然了，公司不會讓你做白工的，你想要多少報酬都可以提，我們會酌情考慮你的要求。」

仇群讓商深主動報價，是想試探商深對自身價值的估價，好在下一步商深答應留在公司時，給商深開一個既讓他滿意，又讓公司能夠接受的薪酬。

如果公司開價太低，遠低於商深的心理預期，會讓商深一口拒絕，便不有利於以後的合作；開高了，會讓商深高估自身價值，以後再合作，需要付出更多條件才能留住商深。從利益的角度來說，公司自然希望以最小的代價留下最有價值的員工。

開價是一門學問，誰先報價，誰就失去了主動權。

「報酬問題……等見了面再說不遲，還不知道故障的難度有多高。」

商深並沒有想那麼多，他不知道是什麼原因造成的故障，以及他能不能解決，如果現在談好價錢，到時卻無法解決，豈不是成了笑話。

「好，就這麼說定了，我派車去接你。」

仇群見商深答應了，十分高興，唯恐商深反悔，當即敲定了細節，「車大概下午三點左右到，向工廠請假的事，我來出面。」

畢工在一旁聽得不太真切，但即使只聽到一個大概，也猜到了些什麼，心中震驚無比！

什麼，商深要去北京？有公司請他去解決問題？一想，北京的公司……除了仇群還能有誰？

真的是仇群嗎？怎麼可能？仇群可是八達集團的副總，八達是國內首屈一指的民營公司，據說今年的收入有望達到六十億元，公司淨資產就高達十八億，相當於十幾家儀表廠。

一九八四年成立的八達公司，到一九八六年就發展壯大成了八達集團，在佳能、惠普、愛普生等眾多國際品牌的夾擊下，八達的印表機仍然在國內市場佔有一席之地，說明八達集團確實有強大的創新精神和研製實力。

仇群對商深的誇獎，畢工聽在耳中苦在心裡，總覺得仇群對商深的誇獎是對他的嘲諷，因為他對商深有很深的成見。

其實他對商深的成見，並不是因為石子意外事件，而是因為畢京。

也不知道畢京為什麼那麼不喜歡商深，在商深還沒有來儀表廠正式報到之前，畢京就打電話來讓他提防商深，說商深是個心機很深的年輕人，又是名校畢業，來儀表廠後，肯定會賣力表現，然後在短短兩三年內就會成為工程師、副總工程師，最後取代他在儀表廠的位置，將他一腳踢開。

他一開始並不相信畢京誇大其詞的話，商深不過是個剛出校門的毛頭小夥子，能有什麼心機、什麼本事取代他的位置？但卻架不住畢京再三的煽風點火，出於維護自己的利益和對兒子的信任，他對商深的偏見在沒有見到本人之前就種下了，並且決定要不擇手段打壓商深，不讓商深在儀表廠有表現的機會和崛起的機遇。

但人算不如天算，商深剛來報到就抓住機會解決了印表機難題，不但在仇群面前露了臉，也在廠裡一舉成名，讓畢工既不爽又嫉妒，也更加相信畢京的話——商深來儀表廠的唯一目的，就是取代他的位置！

畢工的危機感頓時上升到前所未有的地步。他含蓄地說了些商深的缺點，比如浮躁、不安分等等，想讓仇群對商深產生不好的觀感，哪知仇群對商深的印象太好，他的幾句話根本動搖不了仇群對商深的好感和欣賞。

仇群回到北京後，立刻向張向西報告了商深的事。張向西是八達集團的總經理，八八年畢業於北大無線電電子學系，在大學期間，他曾獲第一、二屆「北大五四科學獎」。一九八九年，張向西進入北大方正從事專業開發工作。六月，獨自研製出國內第一個實用化Window3.0，被選為北大方正當年七大成果之一，立時以軟體奇才揚名業內。

一九九三年起，張向西開始擔任八達集團的總經理一職。聽到商深半個小時就解決了印表機驅動程式的故障，深知解決程式故障的難度有多大的他，英雄惜英雄，高手知高手，當時就對商深產生了濃厚的興趣，想馬上見到商深。

張向西雖然貴為總經理，卻還保留了程式師出身的特質——直接乾脆，不會迂迴，仇群則不同，仇群比張向西更有商業頭腦，也更懂事緩則圓的道理，他勸張向西不要太急於約見商深，要緩上一緩，以免讓商深會恃寵而驕，過度自抬身價。因此直到現在，剛好又有緊急狀況需要商深解決時，才提出挖角之事。

畢工站在門口，走也不是，留也不是，想了想，還是硬著頭皮問了一句：「你要去北京？」

商深臉帶微笑，雖不是勝利者的微笑，卻刺痛了畢工的眼睛：「仇總讓我去北京一趟。」

「不許去！」畢工的怒火一下點燃，失態吼道：「如果你敢去北京，就以曠工處理。」

「畢工，現在是我帶商深，商深去北京只需要我批准就行，好像還用不著您操心。」

杜子靜實在看不下去畢工的嘴臉了，多大的人了，一點兒度量也沒有！認識畢工這麼多年，以前她只覺得畢工有些小心眼，過於斤斤計較了些，今天才知道，畢工何止是斤斤計較，簡直就是不可理喻，她第一次對畢工有了深深的厭惡之意。

「……」

畢工被杜子靜嗆得啞口無言，似乎喝了一口水卡在喉嚨咽不下去一樣，他瞪了杜子靜幾眼，扔下一句狠話，「我想管就管，你算老幾？你沒資格命令我！商深，你記住了，如果去北京，你就等著被開除吧。」

商深也火了，他雖然一向信奉與人為善的原則，但畢工一而再再而三地冒犯他，已經觸及到了他的底線，他終於忍無可忍。

「本來我對儀表廠還有信心，願意待上幾年鍛煉自己，沒想到有你這樣的人，而且還是總工程師，所謂物以類聚，人以群分，和一個為老不尊鼠肚雞腸的人為伍，會降低我的身分，有辱我的人格。現在我決定辭職，只要不和你這樣的人同事，不要這份工作也無所謂。」

儀表廠的工作雖然一般，但好歹屬於部委直屬國企，商深有許多同學想進來還不得其門而入。所以當商深正式說出要辭職的決定時，杜子靜嚇了一跳，正要開口勸商深不要衝動時，范衛衛卻歡呼起來了。

「太好了，商深，你終於有勇氣邁出關鍵的第一步了，不破不立，相信我，離開儀表廠，你的人生才更精彩。」

范衛衛喜形於色，恨不得馬上逃離儀表廠，如果不是認識商深，她對儀表廠和德泉縣沒有一點兒好印象。不僅是因為儀表廠有畢工這樣的貨色，還有晚上想要綁架她的壞人，還好認識了商深，她才算不虛此行。

「辭職？」畢工冷笑道，他鐵青著臉，「儀表廠不是你想來就來，想走就走的地方，年輕人就是幼稚，以為世界都得圍著你轉，告訴你，就算你辭職，你也別想拿走你的人事檔案。」

人事關係和檔案在分配工作的年代，是制約人才流動的緊箍咒，有太多人才因為人事檔案無法帶走的原因，而被迫留在不能大展宏圖的工作單位，一輩子做著自己不喜歡做的事情。也不知道有多少創新的人才被這個東西死死牽絆，最終沒有勇氣邁出至關重要的第一步。

「好呀，你留著當寶貝吧。不要也沒什麼，一堆紙還能約束我一輩子的人生？」商深毫不在意地笑了笑，開始收拾東西。

其實他剛來沒幾天，桌上也沒有什麼東西可以收拾的。他想，比起馬朵幹了三年教師才辭職，他算熱血多了。

「行，行，好。」畢工氣得渾身顫抖，環視房間內的三人，杜子靜一言不發，范衛衛興高采烈，商深鎮靜自若，他忽然感覺原來他在儀表廠一人之下萬人之上的權威全部沒有了，心中既憤怒又恐慌。

看了半晌，還以為會有一個臺階下，卻沒有一個人理他，他大感無趣，悻悻地推門出去了。

房間陷入了沉寂之中，誰也沒有說話，剛才的一幕出乎所有人的意料，就連范衛衛也沒有想到商深會這麼快從儀表廠辭職，她還以為商深最少還要待上一年半載，等實在看不到希望時才會逃離儀表廠。

不只是她，連商深自己也沒有料到他一時情緒激動，連退路都沒有想好就辭職了。儘管他的話有幾分賭氣的成分，而且口頭辭職也不合規矩，在沒有正式向人事部門提交書面辭職信之前，他完全可以當他的話沒有說過。但商深是說到做到的個性，既然話說出來了就不後悔。

「決定了？」過了一會兒，范衛衛來到商深面前，輕輕拉了拉他的衣角，「不後悔？」

「決定了，不後悔。」商深笑了笑。

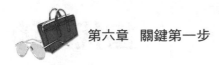

「總有一天，你會感謝我賦予你的勇氣。」范衛衛開心地踮起腳尖，原地轉了一個圈，「因為你剛才的決定，改變了你一生的命運。」

「我不是要感謝你賦予我的勇氣。」商深柔情無限地凝視范衛衛如花的容顏，瞬間心中豪情萬丈，世界那麼大，為什麼非要死守著一個處處被人刁難的儀表廠，走就走吧，人生永遠沒有太晚的開始。「我要感謝老天讓我認識你，從遇到你的那一刻起，你的出現註定要改變我一生的命運。」

范衛衛甜蜜地笑了，燦爛如花，開心如蓮：「我真的是改變你一生命運的那個人？」

「哎呀，太肉麻了，受不了啦。」杜子靜呵呵一笑，轉身出去了，「你們繼續，我回避。」

范衛衛和商深相視一笑，二人都沉浸在戀愛的甜蜜中。

「對了，要不要正式提交一封辭職信？」范衛衛提醒商深，「畢竟是大事，口頭說說不正規。」

「辭職信早就準備好了。」

商深從抽屜裡面拿出一個信封，抽出一張紙來，抬頭正中是三個黑體大字——辭職信。

「啊？什麼時候的事？」范衛衛吃了一驚。

「早在來儀表廠之前，我就先寫好了一封辭職信，以備不時之需。」

「什麼叫不時之需？」范衛衛更加好奇了，難道說商深在報到前就已經想好了退路？

「不時之需的情況多啦，剛才的狀況是一種，實在不想幹了也是一種，或是工資養活不自己必須另謀出路也是，反正我設想了許多辭職的可能，所以就提前寫好了辭職信，方便隨時走人。不過怎麼也沒有想到，才來不到三天，就因為一時衝動而真的辭職了。」

「也許你留在儀表廠，十年後你就是總工程師了，現在走，不怕留下遺憾？」范衛衛有意試探商深，想知道商深是不是真的不後悔。

商深並不後悔，年輕如果沒有衝動和激情，難道要等到老了再後悔當年為什麼沒有奮力一躍？何況他的志向一直是投身到互聯網浪潮之中，沒有互聯網浪潮的地方，就沒有他的用武之地，也不是他的久留之地。

「人生若沒有遺憾，該有多無趣。」商深哈哈一笑。笑聲未落，桌上的電話響了。

「估計是找我的電話，我來接。」范衛衛搶先接了電話。

一會兒她放下電話，一臉不悅地說：「警察也太笨了，竟然讓黃漢和寧二跑了。他們說，黃漢和寧二跑出了德泉縣，不知道去了哪裡，他們已經動員警力抓捕，一有消息就會通知我。算了，早就該猜到會是這樣的結果，隨便吧，反正我就要離開德泉了。」

「多行不義必自斃，黃漢和寧二早晚會被抓的。」商深心裡清楚，多半是有人故意走漏風聲才讓黃漢和寧二逃之夭夭的，不足為奇。

「你說黃漢和寧二會跑到哪裡去？會不會也去了北京？」范衛衛歪頭想

了想，又搖搖頭，「愛去哪裡去哪裡，損失一支手機，讓兩個壞蛋如喪家之犬跑路，也算沒有白白浪費。這樣吧商深，我先和你一起去北京，等在北京的事情處理好了，你再跟我去深圳，怎麼樣？」

這樣的安排挺好的，商深點頭同意：「行，就這麼決定了。」

隨後，商深向人事處提交了辭職信。人事處處長是個五十多歲的中老婦女，名叫單林，或許是更年期的緣故，又或許是因為她單身未婚的關係，她成天板著一張苦瓜臉，見誰都跟誰有仇似的。

也是怪了，從來沒有笑臉的單林對商深卻總是笑臉相迎，儘管她笑起來的樣子也是一臉的苦大仇深，比哭還難看，但總歸是笑了。

「哎呀商深，你才來幾天就要辭職，太兒戲了吧？你以為儀表廠好進嗎？有多少人打破頭想進來還進不來呢。別衝動，年輕人遇到事情要冷靜。辭職信你先拿回去，等想清楚了再說。」單林沒接商深的辭職信。

商深意志堅決地說：「謝謝處長的好意，我心領了。我辭職，正好把位置讓給打破頭想進來的人。」

「德性！」商深前腳剛走，單林的臉色一下就換成烏雲密佈，她朝裏間喊道：「畢工，我只能壓下商深的辭職信，別的就管不了。」

畢工陰著臉從裏間出來，若有所思地說：「看來商深是鐵了心要辭職了，他真以為去了北京就海闊天空？真是太幼稚，太蠢了！」

「你不是也要去北京？既然商深得罪了你，你們在北京繼續鬥吧。」單林斜著眼睛，幸災樂禍地說。

「我和他鬥？他也配和我相提並論？」

畢工嘴上這麼說，心中卻閃過一絲陰晦，忽然想起了什麼，小聲說道：「單林，你再幫我一個忙……」

「煩不煩呀你，我忙著呢。」話雖這麼說，單林還是攏了攏頭髮，眼中閃過一絲溫情，「什麼忙？快說。」

「你這樣……」畢工探頭朝門外望了一眼，壓低聲音向單林耳語了幾句。

一個小時後，商深再次成為焦點人物，一個關於他的流言在工廠裡如午後的陽光一樣，迅速傳遍了每一個角落。

和上次商深因為出手解決印表機故障而聲名大噪不同的是，這次關於他的流言，卻是負面新聞。

商深和范衛衛收拾好東西，又接到了仇群的電話，說是汽車半個小時後會到，讓商深做好出發的準備。

商深對儀表廠已經沒有一絲留戀之意，他在等杜子靜回來，向杜子靜告別後，就可以竟無流戀地離開儀表廠了。也不知道杜子靜去了哪裡，出去半天也沒有回來。

結果沒等來杜子靜，卻等來了流言蜚語。

商深正和范衛衛說話，說著說著，總覺得哪裡不對，似乎外面有什麼動靜，推門一看，頓時驚呆了——門外不知何時站了一群人，眾人竊竊私語，對著他和范衛衛指指點點。

出什麼事了？商深愣了片刻，抓住一個和他年齡差不多的女孩問道：「怎麼了這是？」

女孩有一雙明亮的大眼睛，叫張華，被商深抓住胳膊，卻不驚慌，大方地掩嘴笑道：「有人說你因為私生活不檢點被發現，沒臉再在廠裡待下去，所以主動辭職了；還說你和范衛衛正在辦公室裡親熱……然後有人帶頭來圍觀，我就湊熱鬧跟了過來。」

商深氣得無話可說了，是誰製造的流言蜚語想都不用想，只是他怎麼也想不到的是，畢工也算是一個有頭有臉的人物，怎麼能這麼沒有底線呢？

若是別的女孩，或許會氣哭，最少也會羞紅臉，范衛衛不一樣，反倒咯咯地笑了：「有人說？是畢工說的吧？好吧，先不管是誰說的了，商深未婚我未嫁，我們是正常戀愛，又不是婚外情，怎麼就私生活不檢點了？再說，我和商深都是成年人，又是戀人，親熱是再正常不過的事情，值得大驚小怪嗎？好，你們不是要看我們親熱嗎？我就讓你們看個夠！」

話一說完，范衛衛伸手抱住了商深，身子一欠，頭朝前一送，紅唇就印在商深的臉上。

「哇！」人群頓時轟動了。

雖然現在電視劇上摟摟抱抱的鏡頭已經見怪不怪了，但在小縣城還是偏向保守，大街上並肩行走的男女，手牽手的有，勾肩搭背的少，當街親熱的更是沒有。所以范衛衛當眾做出親吻商深的舉動，立刻引發人群的驚呼。不少人都震驚當場，目瞪口呆。

見效果達到，范衛衛哈哈大笑：「怎麼樣，好看嗎？還要看嗎？」

「是啊，還要看嗎？」

商深以前也不是喜歡當眾大出風頭的人，但被范衛衛帶動，又被人圍觀，突然迸發了激情，反手抱住范衛衛的脖子，俯身就要朝她的嘴唇吻去。

「啊！」范衛衛倒沒有受驚，人群卻受驚了，不少人被太過香豔刺激的場面嚇倒了，有人奪路而逃，有人捂住雙眼，也有膽大的跟著起鬨。

「親一個，親一個！」

到底是親還是不親，這是個問題，商深知道范衛衛不會拒絕他的親吻，可是如果他的初吻是在大庭廣眾之下發生，也太沒有隱私和幸福感了，初吻畢竟是兩個人的事。

「親呀！」

「親啊！」

人群見商深欲親又止，原本要走的停下了腳步，原本捂眼的又鬆開了雙手，一起哄笑捉弄商深。

完了，玩大了，騎虎難下了，商深和范衛衛交流了一下眼神，見范衛衛神情自若，雖有三分羞澀，卻還有七分誰怕誰的強勢，他心一橫，怕什麼，親就親，然後就要朝范衛衛嘴唇壓了下去……

眾人都屏住呼吸，期待商深親吻范衛衛的一刻，范衛衛緊閉雙眼，睫毛輕輕顫抖，既緊張又充滿了幸福的期待。她臉色緋紅，人比花嬌，嬌美不可形容。

多年之後，當在場的眾人回憶起商深親吻范衛衛時的場景，還是激動莫名，並且有一絲感動和遺憾。

感動的是，親眼目睹商深和范衛衛的戀情，是一件值得回味的事；遺憾的是，只差那麼一點點，商深就真的親到范衛衛了。

真的，只差那麼一點點……

據說當後來眾人回憶起當時的情景，有人說親上了，有人說沒親上，為此，還有人爭得面紅耳赤，差點打架。最後還是被商深抓住過胳膊的圓臉女孩張華一句話結束了爭論：

「商深到底有沒有親到范衛衛，有意義，有區別嗎？」

眾人聽了，都沉默不語了，確實，親到或沒親到，對於以後發生的一切來說，已經毫無意義了。

不過最讓眾人津津樂道的不是商深親吻范衛衛的舉動，而是後來發生的驚人的變故……

「叭叭！」幾聲汽車喇叭聲在人群後面響起，眾人的目光都被商深即將親吻范衛衛的香豔場景吸引，哪裡還顧得上身後發生什麼，沒有人回頭，也沒有人讓路。

可惜的是，喇叭聲讓商深中止了親吻動作，他抬頭朝人群後面望去，頓時露出一臉喜色：「來了！」

「切！」人群對商深的舉動喝了一聲倒彩，不過按捺不住好奇，都紛紛朝後面望去。

後面停了一輛北京牌照的黑色賓士S500，聳立在車頭的三叉標誌昂然而又高貴，代表了它的尊貴和身分。

眾人再一次驚呼，不少人睜大了眼睛，誇張地脫口而出：「賓士S500，哇，起價百萬以上的豪車啊！」

德泉縣城最好的車是首富郝彬的奧迪200，不管是排氣量還是級別以及價格，跟眼前的賓士S500相差了何止十萬八千里。

甚至有許多見都沒有見過賓士車的人，在見到賓士車中最頂級豪華的S級車款，都睜大了眼睛，貪婪的目光在車身上掃來掃去，不肯移開片刻。

從改革開放以來，就算再不關注不瞭解汽車的人，也知道幾大著名品牌，賓士、寶馬、奧迪和富豪。由於奧迪進入中國較早，又是公務車的緣故，奧迪的知名度最高，也最常見。而富豪車因為在許多港臺片裡對其大加推崇的原因，也被深受港臺電影影響的人所熟知。

但賓士和寶馬，早就是人們心中頂極豪車的形象代表，平常只要大街上跑過一輛賓士或是寶馬，都會引起圍觀，成為焦點，更何況現在就出現在眼前，無數人雙眼放光，如見到奇珍異寶一樣，圍著它轉個不停，有人嘖嘖連聲，有人樂得合不攏嘴，有人趕緊和賓士合影，人群頓時亂成了一團。

只是不少人心中同時升起一個疑問，賓士車出現在這兒，似乎是來接人，那麼到底是來接哪一位重量級人物？

儀表廠廠長的座駕也才是奧迪100，副廠長和畢工甚至連專車也沒有，出去辦事經常得自己騎自行車，偶爾可以調用廠裡的桑塔納，整個儀表廠也才五輛汽車，剩下的三輛都是卡車。

全部車加在一起，也買不了眼前的一輛賓士S500。看樣子，賓士車顯然不是來接廠長、副廠長和畢工的。難道說，儀表廠還有比廠長、畢工更重要的大人物？所有人都好奇心大起，想要看個究竟，到底是誰面子這麼大，居然驚動一輛賓士前來迎接。

賓士車門打開，下來一個人，穿著打扮十分講究，一下車就很有禮貌地衝人群點了點頭，然後環顧四周，最後視線落在商深的身上。

他分開人群，徑直朝商深走去，在眾人疑惑不解和難以置信的目光中，來到商深面前，微微點頭致意：

「請問你是商深商先生嗎？」

商深客氣地點點頭：「我就是商深。」

「受仇總委託，來接您的，請您上車！」

司機後退一步，身子一側，伸手做了個「請」的姿勢。他態度恭敬，謙和低調，對商深禮貌有加，讓眾人看得目瞪口呆。

啊，原來賓士車是來接商深的，怎麼會？怎麼可能?!眾人面面相覷，不敢相信眼前發生的一切。

商深才來儀表廠上班沒幾天，對，連三天都不到，而且他還剛出校門不久，有什麼資歷和能力值得賓士S500出馬迎接？難道他是富二代？

不對，看過商深簡歷的人都知道商深出身農村家庭，父母都是農民，還富二代，根本就是窮二代。

那麼一個剛出校門才上班不到三天的窮二代，為什麼會有賓士車來接？難道說，商深是一個不可多得的人才？

問題是，商深來到儀表廠後，也沒有表現出什麼過人之處，除了會修印表機之外。

會修理印表機也叫人才？那我會修理自行車還會木工活，算不算是更了不起的人才？我是六級木匠不是相當於中級知識分子了？

不管眾人是不是承認商深的優秀，事實就是事實，活生生地發生在眼前，不服也好，嫉妒也罷，誰也阻擋不了商深和范衛衛一起邁進賓士車的腳步。

當商深和范衛衛上車後，賓士車沒再停留片刻，也沒有向畢工或是廠長彙報，直接揚長而去。

望著賓士消失在工廠門口的尾燈，眾人都呆了一樣站在原地未動，所有人都沉默了。

因為所有人都被震撼了，心中大有觸動，多少年四平八穩、一灘死水的生活被商深和一輛賓士車打破了，就如一塊巨石投入水中，激起了驚天的巨浪。或許互聯網的浪潮要很多年之後才會席捲到這個小縣城，但商深在這裡展現了知識就是力量的真諦，卻提前讓許多人感受到了互聯網浪潮來臨前的衝擊力。

原來人生可以充滿種種可能！原來以前日復一日的生活是這樣的無聊，原來一個人無權無勢也可以這麼受人尊敬！

是呀，商深既不是官二代，也不是富二代，更沒有資歷，為什麼賓士車接的人不是廠長，不是畢工，而是他呢？不少人在震驚之餘開始深思其中的原因。

終於有人想出了為什麼，是因為商深是個人才。賓士車來接商深，是表示對商深的尊重，也是對知識對人才的尊重。

多年後，許多忍受不了儀表廠死氣沉沉的人，在跳出儀表廠之後，在商海中收穫了遠超當年收入幾百上千倍的成功時，回首往事時，最想感謝的一個人就是商深。

正是商深讓他們看到了人生的另一種可能，商深所受到的禮遇和取得的成功，讓他們敢於跳出儀表廠，並且有了後來的成就。如果沒有商深的帶頭，也許他們會永遠無所事事，終老一生。

「什麼時候儀表廠也像民營企業一樣尊重人才，儀表廠就不會死氣沉沉了。」過了半晌，圓臉女孩張華無限感慨地說道：「尊重人才就是尊重未來，尊重未來的企業才會有未來。」

如果讓商深聽到張華的感慨，他一定十分贊成張華的說法。

坐在舒適的賓士S500的後座，商深也是感慨萬千，八達公司在成立兩年後就發展壯大成八達集團絕非偶然，和八達集團對人才求賢若渴的尊重不無關係。

只憑上次他出手幫仇總解決了印表機驅動程式故障一件小事，公司便派張向西的專車來接他就可以得出結論，八達集團是一家有氣魄，敢為天下先的集團公司，以後一定會有更大的發展前景。對人才的態度就是一家公司對待市場和未來的態度，尊重市場和未來的公司，才會有市場和未來。

## 第七章

# 怪異外星人

如果說畢京的醜是長得歪瓜裂棗，那麼男人的醜卻是無法形容的醜，
或者也不能說是醜，而是一種很奇怪的長相，
由於身形很小的緣故，顯得頭很大，眼睛也大，額頭還寬，
但下巴很小，乍一看，很像科幻電影中的外星人。

「謝謝張叔。」商深客氣地向司機表示感謝。

通過交談得知，司機名叫張旭輝，是張向西的專職司機。前來接商深是仇群的提議，但讓張旭輝親自開著張向西的賓士S500來接，則是張向西的決定。

「你太客氣了，商先生，應該的，您是張總和仇總的貴賓，能接您是我的榮幸。」

本來張旭輝對張總安排他特意來德泉縣一趟接人還很是不解，等見到商深時，發現商深只是一個毛頭小夥子，就更是想不通，一個才二十出頭的小夥子能有什麼本事值得如此興師動眾？在他看來，公司上下全是電腦高手，有太多人比商深學歷高、資歷老，犯得著對他這麼高規格接待嗎？

張總的一句話，讓他扭轉了對商深的看法。

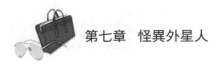

「我看了商深解決印表機驅動程式的思路，這個年輕人是個天才！就是我也想不出來這樣的方法，了不起，真的了不起。」

誰不知道張向西張總就是程式師出身，以擅長寫程式而出名，號稱業內軟體奇才和第一程式師，他如此盛讚商深，說明商深確實有過人之處。

直到接到商深後，見商深年輕英俊，張旭輝對商深的好感大增，現在又見他謙遜有禮，難得這麼年輕就能做到不驕傲、不得意忘形，對商深的印象徹底改觀。

范衛衛悄悄朝商深伸了伸大拇指，為商深稱呼張旭輝叔叔而不是師傅暗暗叫好，細節決定品味，叔叔比師傅更有人情味，也更表現出對張旭輝的尊重，她越來越覺得商深不但是個技術人才，也是個很懂人際關係的人。

也是，她的眼光怎會差？如果商深不優秀，她怎麼可能喜歡上他？范衛衛輕輕拉住商深的手，柔情似水地說：「我和家裡說好了，過幾天在北京的事情解決了，你和我一起回深圳，見見我爸媽。」

「去深圳可以，但見你爸媽……」商深靦腆地說：「好像進展太快了吧？」

「時間就是金錢，在能三天就蓋出一層樓的深圳，三天從認識到結婚也不算什麼大不了的事啊。」范衛衛語氣中有調侃之意。

她會這麼說的原因是，中國建築第三工程局（集團公司）一公司在承建深圳國際貿易中心大廈時，曾創下三天蓋一層樓的速度，這在當時的中國是絕無僅有的創舉，史稱深圳速度。此後由於眾多媒體的引用和宣傳，深圳速度就成了形容速度非常快的一個代名詞。

「好，見就見。」商深沒再說什麼，他的心思沉浸在對未來的未知和嚮往中，除了興奮和期待之外，還有一絲不安。

丟掉鐵飯碗走向一條自由之路，看似輕鬆，其實也有相當大的風險。儘管他自信只要有本事，走到哪裡都會有飯吃，但他也和大多數剛出校門的年輕人一樣，對未來的不確定有著畏懼。

畏懼感來自貧窮，說白了，還是因為口袋沒錢。如果現在商深手中有個十幾萬，不，哪怕是幾萬的存款，他也敢拼上一把，但他實在窮怕了，家裡供他上大學已經花光了全部積蓄，哪裡還有錢再支持他創業。別說創業了，就是他賺的錢不夠養活自己，他都沒有臉再向家裡伸手要錢。

一分錢難倒英雄漢一點不假，對從小在貧困生活中長大的商深來說，現階段有份安穩的工作，可以在養活自己之外還有餘力回報家裡，就是最大的滿足了。所以他雖然下定決心辭職，也不會後悔，但是對明天還是隱隱有些擔憂。

不過，只要一想到馬朵為了創業，還當過小販，賣過鮮花，去義烏進貨，他還怕什麼？大不了去中關村擺攤也餓不死。英雄莫問出處，真正的大人物都有過落魄的時候，他深吸了口氣，做好迎接明天的準備，不管明天是風和日麗，還是狂風暴雨。

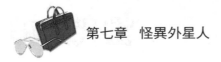

到了北京。

張旭輝為難地說：「商先生，因為不知道您還有朋友一起來，仇總只安排了一個房間……公司的員工都是當地人，所以公司沒有宿舍。」

「就一個房間啊？」商深撓了撓頭，他可沒錢再為范衛衛開一個房間，「怎麼辦呢？」

「是標準間吧？」范衛衛臉微微一紅，大方地說：「只要有兩張床就行了，我無所謂，你呢商深？」

女孩子都無所謂了，商深難道還要矯情說不行？他點頭說道：「好吧，只能這樣了。」

張旭輝禮貌地笑了笑，安排好商深的住宿之後就走了。

賓館叫頤賓樓，位於中關村大街上，是中關村的標誌性建築，距離八達集團的總部不遠。

只有幾層高的頤賓樓，設施還算不錯，入住之後商深才知道，八達集團特意為他長租了一個房間，說明八達集團對他確實很器重。

房間不算大，兩張單人床外，還有桌椅和電話，只是沒有電腦。

商深的行李很少，一個背包就全部裝下了，范衛衛的行李多一些，有個大大的行李箱，范衛衛一邊收拾行李，一邊說個不停。

「旁邊就是中關村，現在還沒有關門，趕緊陪我去買支手機。不對，我就要離開北京了，買手機也沒什麼用。算了，不買了。」

「等下晚上吃什麼？我請客。是吃肯德基還是麥當勞？」

「肯德基吧。」商深躺在床上懶洋洋的，想到兩人共處一室，不由一時胡思亂想了起來。

「想什麼呢？」范衛衛嘴裡哼著歌，收拾好東西，忽然發現怎麼這麼安靜，回頭一看，啞然失笑，商深躺在床上睡著了。

她知道商深是太累了，不是身累，而是心累，他經歷了太多的事，范衛心中湧動著柔情和憐惜。

熟睡中的商深，嘴唇微抿，雙眼輕閉，表情微露堅毅之色，她來到商深身邊，為他蓋上了被子，就讓他多睡一會兒吧。

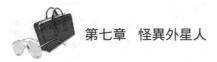

剛為商深蓋上被子，商深突然醒了，他壞壞地一笑，一伸手抱住范衛衛，范衛衛「嚶嚀」一聲，倒在了床上。

商深將范衛衛攬在懷中，見范衛衛雙眼微閉，再也按捺不住，直接將嘴唇壓在范衛衛的紅唇上。

「不……」

范衛衛又羞又急，想要推開商深，哪裡還推得開，被商深結結實實親個正著，感受到商深強烈的男人氣息和他粗重的呼吸，她也被商深的情緒感染，先是笨拙地躲避，然後一點點地回應商深的激情，她再也無法矜持，用力抱住了商深。商深貪婪放肆地在范衛衛的身上揮灑青春的激情和迷茫。

「嘀嘀……」

正當商深和范衛衛兩具年輕的身體互相靠近，就要燃燒年輕的欲望之時，商深的傳呼機忽然很不合時宜地響了。

范衛衛清醒過來，一把推開商深，整理了一下頭髮，臉紅如雲，趕忙說：「誰呼叫你啊？沒聽你的傳呼機響過。」

商深也從意亂情迷的狀態中恢復了正常，翻身抓過放在床頭的傳呼機，機身上顯示出一行字：「商深，別以為你打敗了我們，其實我們之間的戰爭才剛剛開始。黃漢、寧二。」

這款傳呼機是商深畢業前，省吃儉用積攢了將近一年的零用錢買的，主要是為了找工作時方便聯繫之用。

商深一言不發將機子遞給范衛衛，范衛衛只看一眼，臉色就變了。

「我的傳呼機號碼沒幾個人知道，算上葉十三和杜子清在內，不超個十個人。」商深低頭想了想，「知道號碼的人中，認識黃漢和寧二的就只有葉十三、畢京和杜子清了，而我來北京，還沒有來得及告訴葉十三和杜子清。」

「這麼說，肯定是畢京了。」范衛衛順著商深的思路說了下去，「肯定是畢工告訴畢京，然後畢京告訴了黃漢和寧二……不用擔心，商深，我們就在北京待幾天，然後就去深圳了。」

商深點點頭，他倒不是擔心黃漢和寧二會拿他怎樣，只是他想不通的是，如果黃漢和寧二是受畢京指使，那麼他現在已經離開了儀表廠，畢京為什麼還非要和他鬧個沒完沒了？

好吧，就算畢京是因為喜歡范衛衛而當他是情敵，問題是，范衛衛對畢京一點感覺也沒有，畢京又不是不知道感情上的事，不是說打敗情敵就可以贏得愛情的，他又有什麼企圖呢？

「算了，別想了，先吃飯吧。」

范衛衛見商深想得入神，一拉商深，「這裡是北京，是首都，不是小縣城，黃漢和寧二再敢胡來的話，就等著被抓吧。」

漫步在北京的街頭，繁華、喧囂、熱鬧，大都市的氣象自然是小縣城無法相比的雍容大氣。

商深喜歡城市充滿活力和奮發向上的氣息，也充滿了機遇和挑戰，對於每一個想要有所作為的年輕人來說，城市才是可以大展手腳的舞臺。

商深雙手插在褲兜裡，范衛衛挽著商深的胳膊，依偎在商深的肩膀上，二人猶如一對熱戀中的情人，不緊不慢地走著，享受黃昏時分華燈初上的夜景。

穿著一身粉紅色洋裝的范衛衛，嬌美如玉的臉上還掛著一絲淡淡的紅暈，她低著頭看著腳尖走路，有一句沒一句地和商深說話。

「商深，你爸媽人好不好？」

「他們人很好，是老實人，爸爸當了一輩子的代課老師，一直沒有轉正，就一邊教書一邊種地。我媽是傳統的農村婦女。」

「你爸媽呢？」

商深憐惜的目光落在范衛衛的秀髮上，伸手摸了摸她飛揚的長髮，長髮劃過指尖，有淡淡的香氣飄過。

「我爸經商，名下有一家公司。我媽在政府機關工作，是個處長，他們是第一代深圳人，在深圳剛剛成立之時，就帶著夢想和激情去了深圳，然後就在深圳紮根下來。」

一九八〇年，深圳經濟特區正式成立，地域包括今羅湖、福田、南山三個區。特區成立後，從全國各地抽調了許多人才到深圳支援深圳建設。當年第一批入駐深圳的人，現在大多數已經事業有成，成為各個行業的領軍人物，是為第一代深圳人。

說話間，二人來到了肯德基中關村大街店，由於來得早，還有位置。范衛衛找了個靠窗的位置，讓商深去占座，她去點餐。

商深想去，范衛衛卻不肯：「我去點吧，你不知道我愛吃什麼，而你吃什麼都行。」

商深無奈地笑了，他知道善解人意的范衛衛是想以一種委婉的方式請客，心想有朝一日等他有了錢，一定要請范衛衛吃大餐。

兩人剛進來時還有空位，不多時就客滿了。肯德基每到用餐高峰，都是人滿為患，一座難求。范衛衛排了半天隊才買來兩份套餐，她鼻尖微有汗水，擠開人群來到商深面前。

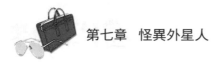

「哎呀，人也太多了，好像吃東西不要錢一樣。不就是個肯德基嘛，怎麼搶成這樣，有必要嘛？」

是沒必要，不過國人喜歡西式速食也沒辦法，商深笑道：「速食一是快，二是乾淨衛生，三是新鮮，幾年後，估計全國各地都會遍地開花，甚至連縣城也會普及的。」

「不會吧？」范衛衛拿過一塊炸雞就啃，淑女風範全無，嘴裡含糊不清地說道：「肯德基可不便宜，一般收入的家庭消費不起，就和現在的電腦一樣，七八千甚至上萬一台，誰買得起啊?!電腦不普及，網路就普及不了，所以我勸你，幫八達集團解決了問題之後，別聽仇群的許諾留在八達，跟我去深圳發展吧。」

商深的看法卻和范衛衛不一樣，他拿起一個漢堡一口咬下，說道：「我留不留在八達先不說，只說肯德基的擴張和電腦的普及好了，肯德基的消費雖然不便宜，但你別忘了老百姓的平均所得每年都在提高，不用多久就會全民吃得起肯德基了。電腦也一樣，現在雖然一台電腦要七八千甚至上萬，但你不要忘了，電子產品整體是個降價的趨勢，手機剛出來的時候，大哥大跟塊磚頭似的，現在比手掌還小，價格也從當初的一兩萬降到了五六千，科技的進步就是功能越來越先進，價格卻越來越便宜。」

「請問，這裡有人嗎？」

正當商深侃侃而談之時，身後忽然有一個聲音響起，回頭一看，站了一個個子不高、瘦瘦弱弱的男人，年約三十多歲，上身穿著襯衫，下身黑色褲子黑色皮鞋，頭髮梳得一絲不亂，很有型。

儘管男人的衣著很講究，看得出是精心打扮了一番，但不得不說，乾淨的襯衣和筆直的褲子並沒有襯托出他偉岸的身姿——主要是他的身姿實在無法用偉岸形容，個子矮一些倒沒什麼，只要長得大器就行，問題是，他不但個子矮，而且長得實在差強人意了些。

其實說是差強人意，還是商深不好意思說人壞話，如果讓范衛衛形容，八成會說男人長得太慘不忍睹了，無法直視且對不起觀眾。

也確實，如果說畢京的醜是長得歪瓜裂棗，那麼男人的醜卻是無法形容的醜，或者也不能說是醜，而是一種很奇怪的長相，由於身形很小的緣故，顯得頭很大，眼睛也大，額頭還寬，但下巴很小，乍一看，很像科幻電影中的外星人。

商深和范衛衛坐的是四人座，正是用餐高峰，座無虛席，雖然大多數人不願意和陌生人同桌，但商深不假思索地說道：「沒人，您可以坐。」

「謝謝。」外星男點頭一笑，卻沒坐下，「我去買東西，麻煩你幫我先占一個座位，好嗎？」

「好的，沒問題。」

「幹嘛讓他坐啊？」

范衛衛回頭看了眼外星男的背影，微帶不快地說道：「我們兩個人吃東西多好，平白多了一個陌生人，多尷尬！再說他長得那麼醜，和他坐在一起，影響食欲。」

「他長得是不帥，不過至少看上去比畢京順眼多了。有些人是其貌不揚，不過卻面善；有些人不但長得醜，而且還兇。」商深笑道，「與人方便自己方便，況且我們兩個人占四個人的座，也是不太好。」

「好吧，我說不過你。」范衛衛白了商深一眼，「這本來就是個競爭的社會，你不爭取，別人就搶走了。」

商深部分贊同范衛衛的理念：「該爭取的時候自然要爭取，但該禮讓的時候，還是要禮讓幾分……」

商深話未說完，一個女孩突然二話不說就一屁股坐在他旁邊的座位上。

「喂，這裡有人了……」范衛衛生氣了，站起來做了個請你離開的手勢，「對不起，請你離開。」

女孩長得很漂亮，明亮的眸子明淨清澈，燦若晨星，一張白嫩而紅潤的面孔足以顛倒眾生，她的美麗，不是清麗脫俗之美，也不是嬌豔嫵媚之美，而是溫雅秀美、雍容華貴的端莊之美。別看女孩不過二十多歲的年紀，在眼神舉動之中，自有一股不可褻瀆的高貴。

只不過容貌出眾、氣質高貴的她卻沒有做出高貴的行為，她漠然地看了范衛衛一眼，輕輕地吐出一句話：「我坐下就是我的座位了。」

「你！」范衛衛氣得扔掉手中的雞腿，「你怎麼不講理呀？」

如果說剛才彬彬有禮、請問商深可不可以坐下的外星男是醜而有禮的話，那麼問也不問一屁股就坐下的女孩就是美而無禮了。

「我有嗎？」女孩依然是漠然的態度，目光低垂，似乎連看也不想多看范衛衛一眼，「你們兩個人占四個人的位子就是講理了？是你無理在先，我不過是替所有沒座位的人討還公道罷了。」

「……」一向來能言善辯的范衛衛居然被對方說得啞口無言，也是因為對方鎮靜自若高高在上的態度讓她無比氣憤，一氣，就失去了應有的理智，反倒卡殼了。

「我們兩個人占了四個人的座位是不假，可是也沒有規定兩個人只能坐兩個人的座位不是？」

商深出面了。

女孩穿了件T恤，下身是七分褲和運動鞋，顯得青春飛揚又幹練，她不以為然地說道：「是沒規定兩個人不能坐四個人的座位，但也沒規定在有空位的時候別人不能坐，對吧？」

「對。」商深點頭認可了對方的說法。

「知道就好。」女孩點頭一笑，「所以我坐這裡，你沒有意見吧？」

「我沒意見。」商深撓撓頭，一臉靦腆。

「沒意見就好。」女孩以為她已經說服了商深，就打算扭頭不再理會商深。這人一身打扮一看就是極其普通的衣服，她一向不屑和窮人打交道，不，連話都不屑多說。

「不過……」

商深用手一指手端托盤正大步過來的外星男說道：「我是沒意見，可是他有意見，因為你坐的是他的座位，他比你先到一步。雖然說座位無主，但先來後到的規矩總得遵守吧？」

女孩臉上洋溢的一絲得意之色頓時凝固了，這才知道上了商深的當，商深故意以退為進，讓她以為她勝利了，然後反手一擊，狠狠地打了回來。哼！看似老實，其實內心奸詐，真是個十足的壞人，她在心裡將商深劃歸到垃圾堆裡。

外星男來到座位前，愣了一下：「你朋友？」

商深搖搖頭，本來他和范衛衛相對而坐，立即起身坐到范衛衛的旁邊：「您坐我的位子，至於這位小姐，我不認識，她說座位無主，誰都可以坐，正好四個人的座位還空了一個，就讓她坐了，希望你別介意。」

「這樣呀……」外星男憨厚地說：「不介意，當然不介意了。座位空著也是空著，請坐，請坐。」

女孩卻驀然站了起來，漲紅了臉，不知是被外星男的長相嚇著了，還是覺得被商深愚弄了，她忽然伸手拉了商深一把：「我不是一個人，是兩個人，需要兩個座位，你讓開。」

如果說剛才她高傲的搶座理論還算講理的話，那麼現在根本是無理取鬧了，范衛衛推開她的胳膊：「你太過分了，霸占座位也就算了，還想搶座位是吧？」

「我們不搶座，買座還不行嗎？」

范衛衛話音剛落，女孩身後又閃出一個男孩，男孩看上去和女孩一般大小，穿著也是一樣的款式，像是情侶裝，手裡拿著托盤，顯然是剛買完餐。

和女孩一樣，男孩也是一臉居高臨下的高傲姿態，他和女孩長得很像，個子比女孩稍高一些，不同的是，他還戴了副眼鏡，黑框眼鏡看似平淡無奇，卻襯托得他多了幾分文氣和雅致。

商深不認識是什麼眼鏡，范衛衛卻看了出來，是名牌眼鏡，有錢就了不起呀，不就是幾千塊而已，誰買不起？

「說吧，如果我出錢買你的座位，你想要多少？」眼鏡男孩昂起下巴，微瞇眼睛，十分盛氣凌人。

外星男若無其事地坐了下來埋頭開吃，似乎眼鏡男孩和商深之間的矛盾和他完全無關一樣。

「好吧，要買是吧，行呀，拿兩百塊。」

范衛衛嘻嘻地笑了，她不生氣了，既然對方人傻錢多，她又何必替對方省錢。

兩個人一頓肯德基也不過五六十元，再花兩百塊額外買個座位，可就真的是冤大頭了，范衛衛就是要讓對方捨不得。哼，不是錢多嘛，好像誰還沒見過錢似的。

北京雖然是首都，但北京人還真沒有廣州、深圳人有錢，有句話不是說「不到北京不知道自己官小，不到廣州不知道自己車不好，不到深圳不知道自己錢少！」范衛衛不無自豪地想。

「兩百塊？你搶錢呀？」

眼鏡男孩惱了，將托盤放在桌上，用手指一點商深的肩膀，「給你五十塊，要麼拿錢走人，要麼……我就不客氣了。」

「沒錢裝什麼大爺。」范衛衛冷笑道：「這樣好了，我給你兩百塊，你立馬滾蛋，怎麼樣？」

說完，范衛衛取出兩張百元大鈔，「啪」的一聲拍在了桌子上。

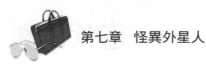

正在埋頭大吃的外星男聞言愣了一愣，抬起頭意味深長地看了范衛衛一眼，片刻，又將視線轉移到商深身上。

商深一臉平靜，既不衝動又不膽怯，好整以暇的態度，讓外星男心中暗讚一聲，好個鎮靜自若的年輕人，以他的年紀卻有這樣的養氣功夫，真不簡單。

「不就是兩百塊嗎？誰沒有?!」

眼鏡男孩被范衛衛咄咄逼人的氣勢驚呆了，也從身上拿出兩百元拍在桌子上，「兩百，拿走，讓座！」

「對不起，你出價太低了，現在座位又漲價了。」商深呵呵一笑，不慌不忙地從口袋裡掏出一張百元大鈔——也是他身上僅有的一張一百元——和范衛衛的兩百放在一起，「我們出三百元請你滾蛋。」

商深特意加重口氣，強調「滾蛋」兩個字。

外星男此時吃飽了，一邊用紙巾擦嘴，一邊抱起雙肩，似笑非笑地袖手旁觀。也不知他是故意的還是別有用意，此時他已經用餐完畢，只要他讓開座位，商深和范衛衛與男孩女孩的對峙也就迎刃而解，但從他安然端坐的姿態來看，似乎沒有讓座的意思。

「好，有種。」

眼鏡男孩被商深充滿挑釁意味的舉動激怒了，二話不說又拿出兩張百元大鈔，和先前的兩張鈔票湊在一起，一共四百元拍在商深面前。

「我出四百元請你們滾蛋！四百元！立刻，馬上！」

他的聲音一下提高了八度，頓時引起周圍人群的注意，人群紛紛投來關注的目光，還有好事者連美味的漢堡也顧不上吃了，紛紛圍了過來。

上次在儀表廠被圍觀，不想才回北京又被圍觀了，商深頗感無語。不管是哪一次，都不是出自他的本心，他從來不想出風頭。

自嘲一番之後，商深伸手摸了摸口袋。

周圍人群見事態發展到現在，都紛紛猜測商深下一步的舉動。

「你說莊家會不會再跟進下注？」一個染了一頭黃毛的新潮女孩問旁邊的同伴。

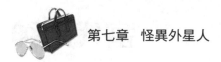

同伴是個文質彬彬的年輕人，推了推眼鏡，說道：「肯定會，都被逼到這樣了，不跟不是男人呀。」

「你猜莊家會跟多少？」

「最少一百，少了一百拿不出手。」

「我看莊家不敢跟，你看他穿的衣服，明顯是窮人，剛才的一百，八成是他身上唯一的一張百元大鈔，他拿不出更多錢了。」旁邊一個中年男人插嘴說道。

「沒有一百元，再拿出五十或是十塊肯定有，莊家現在認輸就太慫了，是爺們就不能認輸！」

又一個留著三分頭、一臉兇悍的年輕人發表自己的意見，他甚至拿出自己的錢包，「莊家要是沒錢，我贊助，哼，我最看不慣仗勢欺人的有錢人。」

「莊家的女朋友有錢，肯定是女朋友會拿錢的，等著瞧吧，我猜最後賭注得上千了。」

一個女孩也加入了辯論團，她雖然長得很秀氣，但雙手握拳，一臉緊張和期待的樣子，讓她顯得很有唯恐天下不亂的勁頭。

「姐妹，趕緊上呀，別讓你男朋友太尷尬了，現在正是你拿錢征服他的時候。」

「我覺得莊家肯定會拿錢走人，畢竟四百塊不是小數目，可以憑空賺四百塊的好事，可遇而不可求。」一個鬚髮皆白的老者也忍不住說出自己的看法，「和四百塊錢相比，面子就是小事了，反正誰也不認識誰。」

聽到圍觀人群的議論，商深只是搖頭笑了笑，然後做出一個被老者不幸而言中的舉動——他伸手拿過男孩的四百塊，動作俐落地裝進了自己的口袋，然後呵呵一笑：「成交！從現在起，座位歸你們了！」

「切！」人群一陣哄笑，有人搖頭嘆息，覺得商深為了四百塊認輸太丟人，太見錢眼開了，錢算什麼東西，面子才重要！也有人會心一笑，覺得商深簡直太聰明了，一步步引誘對方上鉤，最後讓對方追加的賭注越來越大，然後及時收網，大賺一筆。要知道，許多人一個月的工資都沒有四百塊。

范衛衛雖然覺得賺了四百塊也算是一筆意外之財，但仍是氣憤難消，對商深的做法微有不滿，她寧可再多加一百，將五百塊砸在對方臉上也要揚眉吐氣。所以在商深輕輕拉她的時候，她推開了商深。

「哼，算你識趣。既然拿錢了，就趕緊讓開。」

眼鏡男孩雖然心疼四百塊，但不管怎樣還是勝了，趾高氣揚地要求商深趕緊滾開。

商深猜到范衛衛會不悅，也不惱，再次拉住范衛衛的手，衝男孩女孩微一點頭，讓開了座位。

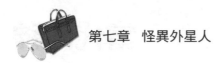

「從現在起，座位就歸你們所有了，請吧。」

范衛衛不好意思當著眾人駁了商深的面子，只好不甘地讓出座位，暗中瞪了商深一眼，表達她強烈的不滿。商深卻嘻嘻一笑，不以為意。

讓開座位後，眼鏡男孩和高傲女孩得意地坐在原本屬於商深和范衛衛的座位，而商深端著托盤站在座位旁，雖然賺了四百塊，和落座之後勝利者姿態的男孩女孩相比，卻猶如落魄無家可歸的失敗者。

正當眾人都以為商深四百塊錢到手，肯定會轉身離開了，不料讓所有人大跌眼鏡的是，商深不但沒走，反而將托盤放在了桌上——對面外星男的桌子上。

四人座現在坐了三個人——眼鏡男孩、高傲女孩和外星男，而商深和范衛衛是兩個人，顯然坐不下，這是怎麼回事。

當眾人疑惑不解商深葫蘆裡賣的是什麼藥時，商深從容地一笑：「這位先生，您已經吃完了，可以把座位讓給我們了嗎？」

不會吧？眾人驚得目瞪口呆，這樣也行，也太無恥了！

不對，不應該說無恥，應該說是太有才了。

不過……眾人都不看好商深的要求會得到正面回應，外星男一看就知道是個很精明現實的人，他眼見商深賺了四百塊，就算肯讓座，也不會白白讓的，肯定也會提出報酬方面的要求。

果然不出眾人所料，外星男笑眯眯地站了起來，主動和商深握了握手：

「讓座沒問題，不過我有一個條件……」

「什麼條件？」商深波瀾不驚，一臉鎮靜。

都是見錢眼開的人呀，眾人本來就覺得外星男長得很醜，現在再看他一臉貪婪樣，就更對他嗤之以鼻了。

只是外星男的話卻讓所有人都驚掉了下巴。

「我很欣賞你剛才的機智，想和你交個朋友。你如果答應和我交朋友，我就讓座給你。」

交朋友才讓座，不交朋友就不讓座？什麼邏輯！眾人在驚掉下巴之餘，都對外星男投以鄙夷的目光。

外星男不理會眾人的眼光，面帶微笑，靜候商深的回答。

「我姓商，叫商深，很高興認識你。」商深立刻回應了對方的要求。

「我姓馬，叫馬……」

外星男很高興，正要自報家門時，話說到一半，卻被人打斷了。

「喂，我說你們是套好招的吧？我看你們是故意詐騙我的錢啊，不行，還錢來。」

眼鏡男孩察覺到不對，商深表面上是讓了座，卻是換到了對面去坐，還白白賺了他四百塊，他被人當猴耍，當了冤大頭，不由怒極，一拍桌子站了起來，「不還錢就別怪我不客氣了。」

范衛衛這才知道原來商深玩了手偷梁換柱，她最欣賞機智的男人，商深隨機應變的本事讓她喜出望外，原來商深並不完全是見錢眼開，而是在見錢眼開之餘，既不丟面子又不放棄原則，根本是得了便宜還賣乖，行，真有一手。她喜歡！

外星男起身和商深握手時，就已經讓開了座位，范衛衛不客氣地直接坐下，然後冷冷地對眼鏡男孩說：「願賭服輸，輸不起就別賭。不客氣？怎麼個不客氣法？」

范衛衛的話無異於火上澆油，半天沒有說話的高傲女孩拍案而起，和范衛衛針鋒相對：「誰輸不起了？你們分明是耍賴，故意坑我們。你們是騙子，是壞人，是流氓，是……」

高傲女孩想不出更有殺傷力的詞語了，只好翻了翻白眼：「反正你們就是無賴，就是不要臉。」

外星男開口為商深和范衛衛解釋，「我確實不認識他們，是第一次見面。剛才我見這裡有空的座位，向他們借座才坐在這裡。你們真的誤會了，要不是你們一開口就提出拿錢買座位，事情發展也不會是現在這樣。」

外星男說話略帶南方口音，一聽就知道他肯定不是當地人。而眼鏡男孩和高傲女孩很明顯是北京本地人，不管是說話的口音還是姿態，不時流露出「我是北京人」的自傲。

「大家評評理，剛才是誰非要盛氣凌人出錢買座的？又是誰出爾反爾，現在反悔的？」外星男朝周圍的人群說道：「出來吃飯，圖的就是個開心，花錢也一樣。錢多就多花，錢少就少花，但不管多花少花，只要花了就別後悔，後悔就是自己找不自在了，對吧？你們說，是誰的錯？」

商深暗笑，外星男對事態發展的節奏掌握得也挺有水準的嘛，而且比他還高明，很會利用並發動輿論的力量為自己所用，他暗暗讚嘆。

「你們有錯在先，現在又想反悔，是錯上加錯。」

人群中一個敢仗義執言的中年婦女首先發話了，她目光落在外星男身上，「他說得對，你們先是盛氣凌人，現在又出爾反爾，太沒水準了。」

不用說，她是站在商深的一方，指責眼鏡男孩和高傲女孩。

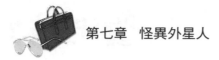

「就是嘛。」一個圓臉女孩附和中年婦女的話，「有錢就可以胡作非為了嗎？」

「是呀，敢做就要敢當，輸了就要敢認，別輸了就賴帳。剛才我也看到了，他和他們不是一起的，小夥子是和那位美女小姐一起來的，這位大哥是一個人，根本不認識。」又一個穿花裙子的方臉女孩也回應了。

隨後，又有好幾個人對外星男的話表示了贊同，商深觀察了一下，回應的大多是女性，從大嬸到十幾歲的小女孩都有，他啞然失笑，別看外星男長得很醜，卻還挺有女人緣的。

外星男顯然也意識到了這一點，他拱手向人群表示感謝：

「謝謝各位，你們是我堅強的後盾，都說婦女能頂半邊天，要我說，女人能撐起一片天，能創造一個奇蹟。以後如果我事業有成，一定是因為你們的支持。一個成功的男人背後都有一個偉大的女人，一個非常成功的男人的背後，一定會站著千千萬萬個偉大的女人。」

「啪啪啪啪！」人群中響起了熱烈的掌聲。

「別說這些有的沒的，不還錢就別想走！」眼鏡男孩的邏輯思維比不上商深，高傲女孩的辯論也辯不過范衛衛，又不懂得發動輿論力量，在這場比賽中，可說是輸得一敗塗地，眼鏡男孩何曾受過被人嘲笑的屈辱，惱羞成怒之下，伸手抓住了外星男的衣領，揚手要打。

眼鏡男孩在此犯了三個錯誤，一是一開始太盛氣凌人，但在范衛衛甩出兩百塊時，他又沒有足夠的勇氣主動追加賭注，先強後弱，沒有一強到底，就落了下風。

二是他輸了之後，不懂得爭取別人的同情，更不知道分化對手的力量，反倒站在商深、外星男以及大部分人的對立面，讓他成了眾矢之的。

三是他動手的時候，應該先朝商深下手，畢竟商深才是事主，外星男只是幫忙者，他卻要打外星男，在別人看來就是無理取鬧了。

商深一把抓住眼鏡男孩的胳膊，「講理講不過就比拳頭是嗎？好呀，衝著我來。」商深將眼鏡男孩拉到一邊，作勢道：「想打架是吧？沒問題，我奉陪到底。」

眼鏡男孩被商深的氣勢嚇住了，遲疑了一下，忽然做出一個讓所有人大跌一跤的舉動……

「不和你們一般見識！」話一說完，一把拉過女孩，分開人群就要奪路而逃。

高傲女孩卻不肯走，執拗地說：「放開我，涵柏，放開我，我不走，我要和他爭到底。」

不知是女孩力氣大，還是男孩沒抓好，她居然掙脫了男孩的手，轉身回到商深的面前，質問道：「你叫商深？」

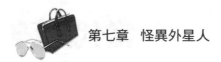

「我叫商深，請問你叫什麼名字？」

「我叫崔涵薇。」高傲女孩下意識說出了自己的名字，說完後才覺得不對，臉上一紅，羞憤地說道：「商深，我記住你了，以後別讓我再遇到你，否則，哼，我和你沒完！」

「怎麼個沒完法？」商深忍不住調侃了她一句，「不好意思，我已經有女朋友了。」

「誰要當你女朋友了？自戀狂！臭流氓！」崔涵薇驀然臉紅過耳，羞憤難耐。

「我什麼時候說要讓你當我女朋友了？」商深一臉無辜，一副受了不的樣子，「我可是個很專情的人。不過呢，你如果真喜歡我的話，私下偷偷告訴我就行了，不要當著這麼多人的面說出來嘛，多不好意思。」

「哈哈……」眾人哄堂大笑。

范衛衛也笑了，雖然商深有點無賴，但他的三分無賴之中有七分可愛，而且很明顯，他是有意緩和氣氛，並非真的想要調戲崔涵薇。

崔涵薇……名字倒是起得不錯，不過，范衛衛心裡哼了一聲，還是沒我的名字好聽，也沒有我長得好看。

外星男暗暗一笑，商深不僅沉穩而有內涵，又有風趣幽默的一面，更讓他有意結交商深了。如果說之前他借座時，商深的包容給他留下了深刻的印象，那麼在商深處理眼鏡男孩和高傲女孩買座事件上的表現，就更讓他堅定了自己的判斷，一個人如果有包容和善良的心，那麼他一定就是一個可交的朋友。

只是讓外星男介意的是，商深真的會貪圖對方的四百塊嗎？如果真是如此的話，他會小看商深幾分。他信奉的是君子愛財取之有道的觀念，商深剛賺的四百塊和賭博沒有什麼區別。他在心裡做出決定，如果商深真的拿走四百塊，他和商深就不再往來，僅此一面之緣了。

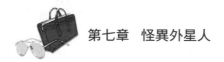

第八章

# 孤品女孩

「商深，你可不要被一些女孩的外表迷惑，俗話說娶妻娶賢，
我可是既漂亮又賢慧的孤品。」
「孤品？用詞不當，應該是極品才對。」
「極品女孩有很多，不會只有我一個，
但我就是我，是獨一無二的孤品。」范衛衛說。

商深自然不知道他接下來的決定會影響外星男對他是否可交的最終判斷，他見在眾人的笑聲中，崔涵薇又羞又急的快要哭了，忙說道：「開個玩笑，別當真，我有女朋友了，你也有男朋友了，我們相見恨晚，不，是相逢何必曾相識。人海茫茫，相見即是有緣。能相見還能坐在一起，就更應該珍惜，哪怕以後永遠不再相見，也要微笑著向對方說聲你好，或者僅僅是一個微笑，也算是不辜負這一次相遇。善待你遇到的每一個人吧，因為你不知道哪一個人會改變你一生的命運。我們對每一個認識的人說你好，對每一個遇到的人微笑，世界將會多麼美好。」

商深無比真誠地說道：「崔涵薇，現在這裡有兩個空的座位，你和你的男朋友可以坐下和我們一起吃。」然後又朝眼鏡男孩微一點頭，握住男孩的手，道：「我叫商深，很高興認識你。」

眼鏡男孩萬萬沒想到事態會急轉直下，商深身為勝利者，沒有得意洋洋，反而主動和他握手言和，他怔了怔，餘怒未消地說道：「別裝腔作勢了，你騙了我的錢別想讓我……」

話未說完，忽然感覺手中多了什麼，低頭一看，手上不知何時多了四張百元鈔票。原來是剛才握手的時候，商深借機悄悄放在他的手中。

「你……」

男孩不知道說什麼好了，他手中緊緊攥住四百塊，愣了半天才說道：

「我叫崔涵柏，很高興認識你。她不是我的女朋友，她是我妹妹。」

「好！」外星男帶頭叫好，儘管他也想過商深把錢還給對方的可能，卻沒想到商深會採取一種春風化雨的巧妙方法，說服或是感化對手，遠比征服對手更有成就感，他激動之下，大聲叫好並且鼓掌道。

「好！」

「說得真好！」

人群在沉寂片刻之後，驀然爆出熱烈的掌聲和歡呼聲，商深說得太好了，善待你遇到的每一個人是多麼理想化的事，雖然很難做到，但人人都有一顆孜孜以求的嚮往美好的心靈，他的話引起了許多人的共鳴。

最主要的是，商深不僅僅是說說而已，他還說到做到，還了崔涵柏四百塊。四百塊在許多人眼中都算得上一筆鉅款，商深已經贏了，完全可以裝進自己的口袋，他卻毫不猶豫地還給崔涵柏，讓許多人信服了商深的話。

說到做到是最難能可貴的品質，如果商深只是滔滔不絕說了半天，固然會引起一些人的共鳴，卻遠不如他還錢的舉動更震撼人心。

范衛衛右手攥拳，用力一揮，她心中的激動和欣賞無法形容，心中只有一個念頭在不停地迴響，商深太棒了！

在眾人的叫好聲中，商深請崔涵柏和崔涵薇入座，外星男見狀，朝周圍笑笑：「謝謝大家捧場，沒事了，沒事了，該吃的吃，該喝的喝，有事兒別往心裡擱，想怎麼樂呵就怎麼樂呵。」

眾人聽了，哈哈一笑，一哄而散。

誰也沒想到事情最後會以皆大歡喜的方式圓滿解決，眾人在欣慰之餘，又都記住了商深和外星男。

沒錯，不只商深和范衛衛想不到，就連崔涵薇和崔涵柏也不會想到，商深作為事件的主要人物被記住還算正常，外星男並非主角，只是配角而已，怎麼也會被人牢牢記住？

事隔多年後，在外星男經常在電視上露面大談他的成功史時，有不少和他在肯德基有過一面之緣的圍觀者認出了他，立時驚呆了。怪不得外星男讓人印象那麼深刻，原來他天生就是個傳奇人物。

如果再加上他早年制止偷井蓋的軼事，就讓人更加感慨怪不得他會獲得如此巨大的成功，原來成功者天生就具備成功的潛力。

但又有人不禁質疑，商深的表現比外星男還要沉穩，還要機智，為什麼商深沒有和外星男一樣獲得巨大的成功呢？有好事者在想不明白之餘，開始搜索商深的經歷，越研究越吃驚，到最後變成了震驚和難以置信……

四人面對面而坐，氣氛雖然不是十分融洽，卻也沒有了剛才的敵視，只不過崔涵薇雖然坐在范衛衛對面，卻將頭扭到了一邊，既不看范衛衛也不理商深，氣鼓鼓的樣子顯然還在生氣。

「剛才自我介紹了一半，現在再重新來一遍。」

外星男站在四人旁邊，拿出一張名片依次遞給幾人，嫻熟而恭敬的手法，說明他以前經常向別人推銷自己。

「我姓馬，叫馬朵，在杭州辦了一家叫『中國黃頁』的網站，來北京是幫外經貿部做網站。」

馬朵？

商深大吃一驚，驚訝地站了起來，不是吧，他就是馬朵，就是葉十三的老總，是創辦了中國黃頁的傳奇人物馬朵？

雖然剛才和馬朵一打照面，商深就覺得馬朵長得太另類，太像外星人了，卻沒有多想，更沒有想到他就是讓他敬佩的馬朵，是他的偶像之一！

「原來您就是馬總，失敬，失敬。」

商深彎腰致意，他平生最佩服有創新精神，敢為天下先的人物，「馬總的中國黃頁開創了中國電子商務的先河，以後中國的電子商務如果興起的話，馬總會是一個寫進歷史的人物。」

「過獎，過獎。擔當生前事，何計身後名？寫進歷史什麼的，不過是事後的定論，人活著，還是要為現在而活，要對時代負責，要順應時代，成為時代的弄潮兒，才算活得精彩。」

馬朵擺手笑了笑，他本來是想介紹一下自己就離開，一是有事，二是站著說話也不方便，不想說著說著，談興就上來了，很想和商深好好聊一聊。扭頭一看，正好有把椅子，就拉過椅子就勢坐下。

「商深，坐，站著說話太出類拔萃了，容易樹大招風。」

「呵呵……」

馬朵的玩笑話逗樂了商深，他坐了下來，想起馬朵的傳奇經歷，有許多問題想問。

「馬總，你是怎麼想到要創辦中國黃頁的？你覺得電腦以後會普及、互聯網會影響到我們日常生活的各方面嗎？」

一聽商深和馬朵聊的是電腦和互聯網話題，范衛衛微一皺眉，她對電腦和互聯網毫無興趣，而崔涵柏也是一臉漠然，顯然也是對此一無所知或是全無興趣，倒是崔涵薇扭過頭來，眼中流露出好奇之意。

崔涵薇坐在商深的斜對面，雖然只簡單穿了件白色T恤，隨意束一個馬尾，但天生麗質卻不因衣著的簡單而遜色半分，相反，更顯得她清純秀麗，猶如高中女生一般清純。

「這事說來話長了……」馬朵忽然想起了什麼，反問了一句，「商深，你學的是什麼專業？」

「資訊系統工程。」

「你猜不到我是什麼專業出身。」

原來商深是電腦相關專業畢業，怪不得他對電腦和互聯網感興趣，興趣是最好的老師，馬朵笑道：「我大學學的是英文。九五年之前，我沒有接觸過網路，九五年我去了美國，在美國第一次上網。當時我上的網站就是雅虎。在雅虎上搜索中國電器，卻搜索不到任何一家中國企業，我就意識到一個問題，中國企業為什麼在整個雅虎裡面沒有任何蹤跡呢？國外的企業可以透過網路搜索查詢，中國的企業為什麼不可以？於是我就想透過電子商務，應該能夠讓中國企業走出去。」

商深點點頭：「雅虎的創始人是楊致遠，是個華裔。他在一九九四年創辦了雅虎，很快就在美國崛起，成為美國最大的搜尋引擎和最大的新聞門戶網站……」

「我知道楊致遠，他是我的偶像。」崔涵薇雙手托腮，聽得入了神，忍不住舉手發言：

「他來自臺灣，畢業於史丹福大學，讀的是電機工程，在讀博士班的時候，與大衛・費羅創辦全球第一入口網站『雅虎Yahoo！』，第一季，雅虎與競爭對手Infoseek、Excite、Lycos相比，每天的訪問量超過對手的兩倍，預計到年底，平均單日上網瀏覽人數可以達到九千多萬人次，比所有對手訪問量的總和還要多……」

崔涵薇說話前先舉手的習慣，讓她更是像極了高中生，似乎是在搶答老師的提問一樣。她對楊致遠的經歷如數家珍，果然是十分關注楊致遠的背景。

「互聯網就是一個工具，人們習慣使用工具，卻不會對這個工具投入感情和資金。」范衛衛也發表了自己的意見，「雖然現在電腦越來越普及，網站越來越多，而且有很多人投資各種新的網站，認為電腦和網路是下一個經濟增長點，不過在我看來全是泡沫，早晚會煙消雲散。」

「井底之蛙！」崔涵薇斜了范衛衛一眼，「你對互聯網有偏見，不要用你有限的見識來判斷無限的未來。」

「衛衛，你為什麼認為互聯網會是泡沫呢？」馬朵唯恐范衛衛和崔涵薇會吵個沒完，及時介入話題。

「我也不認為以後電腦會有多普及，網路會有多興盛，想娛樂，有電視和電影，要電腦做什麼？想看新聞，有電視和報紙還有雜誌，太多方式了，誰會傻傻地坐在電腦前面看啊？」崔涵柏也加入了戰局。

他雖然有一台電腦，卻很少打開，一是打開後沒什麼事可做，二是網上沒什麼內容可看，慢慢地新鮮感就過去了，因此他也不看好電腦和互聯網的未來。

「哥，你想像力不夠，思維空間太小，所以理解不了電腦和互聯網蘊藏了怎樣巨大的能量。」崔涵薇忍不住反駁崔涵柏。

崔涵柏笑笑沒有說話，關於這個話題，他和妹妹爭論太多次了，誰也說服不了誰，他懶得再和她爭個沒完，反正爭來爭去也沒什麼意義，就讓時間去證明誰對誰對吧。

「也許以後電腦會和手機一樣，成為家家必備的一個電器，如果電腦的價格能降下來的話。」范衛衛一攏頭髮，評論道：「但從目前的形勢來看，我認為兩三年內電腦很難普及，原因還是因為價格太高。手機一支兩三千，電腦一台五六千以上，又不是生活必需品，有多少家庭可以承受？電腦普及不了，互聯網就是無源之水。中國和美國不能比，中國是發展中國家，美國是發達國家。而且，還有一個讓我堅信互聯網不會有什麼太大作為的原因是，只有實體經濟才能真正的創造財富，網路太虛擬了，創造財富只能依託於實體經濟……馬總的中國黃頁也一樣，賺的還是實體企業的錢。」

「說得好。」馬朵一拍桌子，鼓掌笑道：「衛衛的見解很現實，也很有實用價值。商深，你怎麼看？」

崔涵柏在范衛衛侃侃而談時，視線漫不經心地落在她的臉上，雖然范衛衛長得很漂亮，但和妹妹崔涵薇相比，卻也算不上特別驚豔，主要是崔涵薇也是非同一般的美麗，見慣了妹妹那張美輪美奐面孔的他，很難再被其他女孩的美麗點亮眼睛。

但在范衛衛莞爾一笑的時候，他忽然有一種被什麼東西射中心臟的感覺，一瞬間內心最深處最柔軟的地方莫名為之一動，然後他再難控制自己的心緒，變得心神不定起來。

怎麼會？難道還真有所謂的一見鍾情？

商深沒有注意到崔涵柏的異常，他正沉浸在和馬朵認識的興奮中，如果說在儀表廠他是被限制了才華，束縛了手腳，那麼來到北京，他才發現天地是如此廣闊，思路是這樣開闊，尤其是遇到馬朵，讓他更深刻地意識到，環境對一個人成長的重要性真的是無可替代。

「我很看好電腦和互聯網的前景。手機從出現到現在，體積越來越小，功能越來越多，價格卻越來越便宜，同樣是作為電子產品的電腦，也一定會遵循摩爾定律。」

商深倒不是因為他學的是資訊系統才看好電腦和互聯網的前景，而是根據自己平常的知識積累和對形勢的觀察得出的結論。

摩爾定律是由英特爾（Intel）創始人之一戈登・摩爾（Gordon Moore）提出來的，內容是：當價格不變時，積體電路上可容納的元器件的數目，約每隔十八至廿四個月便會增加一倍，性能也將提升一倍。換言之，每一美元所能買到的電腦性能，將每隔十八至廿四個月翻快一倍以上。

換句話說，根據現在科技發展的速度，性能越來越快，價格越來越低。從半導體誕生以來，摩爾定律的正確性趨勢已經持續超過了半個世紀。

「摩爾定律總有失效的時候，因為積體電路的元器件數目不可能無限制增加下去。」范衛衛雖然喜歡商深，但喜歡歸喜歡，她不會因為喜歡商深而順從他的所有觀點，還是會堅持己見。

「我承認摩爾定律不會永遠正確下去，但能保證在未來二三十年正確就足夠了。二三十年的時間，完全可以讓電腦的價格降低到人人買得起的地步，同樣，互聯網也會隨之興起。」

商深點頭衝范衛衛笑了笑，又轉頭對馬朵說道：「馬總，您覺得電腦可以普及到一般家庭嗎？互聯網可以改變時代嗎？」

「完全可以！」

馬朵對商深又加深了幾許印象，直覺告訴他，商深是個不可多得的人才，不提剛才他處理和崔氏兄妹的座位事件時多有控局力和大局觀，只說他剛才對電腦和互聯網的認識，就已經超前許多人了，許多成功人物的成功，有時候並沒有太驚心動魄的內幕，只因為比別人快了一步。

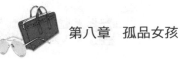

一步先，步步先。

「一九九五年年底，楊致遠第一次到中國。當時我在外經貿部推廣我的中國黃頁，因為我的英語很好，又去過美國，而且瞭解雅虎網，所以外經貿部就派我去接待楊致遠。從那以後，我和致遠就成了朋友。」

馬朵說話時眉飛色舞的表情，顯示出他演講天賦的一面。

「我就勸致遠儘快來中國發展，因為中國是全世界人口最多的一個國家，但電子商務非常薄弱，可以把雅虎很多經驗放到中國來，一定可以做出成績。致遠答應了，前幾天我還和他通過話，他說最晚明年，雅虎就會落戶中國了。」

雅虎真的要來了？商深忽然心中豪氣陡升，從一九九五年中國電信開通了北京、上海兩個接入Internet的節點，成為中國互聯網一個歷史時刻的開端，到馬朵創建中國黃頁，再到一九九七年一月王陽朝在北京創辦愛特信網站，六月向落在廣州創立絡容公司，現在又得知雅虎明年也要來中國，一切都說明了，互聯網浪潮正在以勢不可擋的速度之勢洶湧而至。

晚上九點多，北京的街頭依然車水馬龍，足足聊了一個多小時還沒有盡興的商深和馬朵，大有相見恨晚的感覺，兩人又找了一家茶館喝了半天茶，才算結束了第一次見面的暢談。

崔氏兄妹從肯德基出來後就走了，兩人沒有留下聯繫方式，商深也沒有要，他知道，雖然他和崔氏兄妹化解了矛盾，但終歸不是一路人，也許就只有一面之緣，以後再無相見的可能。

臨走時，崔涵柏猶豫著想要范衛衛的聯繫方式，但見到范衛衛緊挽著商深的胳膊，他便收回心思，帶著妹妹走了。

然而他只顧在意范衛衛，卻沒有察覺妹妹的目光在商深身上同樣也停留了幾秒鐘，儘管很短暫，像是漫不經心的一瞥，但如果他細心觀察，肯定可以看出妹妹眼神中的好奇和留戀。

崔涵薇平時一向對互聯網很感興趣，只是苦於身邊沒有志同道合者，當她發現商深對互聯網也興趣濃厚，加上商深能說會道，立即感覺她和商深有許多共同語言。

不知道是出於嫉妒還是好勝心，她直覺地判定商深和范衛衛在一起並不合適，因為范衛衛和商深在許多事情上看法都不一致，尤其是對電腦和互聯網的發展前景，意見更是嚴重分歧。想起范衛衛對她的刁難，她心中突然有一個古怪的念頭，如果從范衛衛身邊奪走商深，會不會讓范衛衛品嘗到慘敗的痛苦？

不過，這個念頭只是一閃而過，並沒有在崔涵薇的心中留下什麼痕跡，她甚至在想，以後也許都不會再見到商深了……

從茶館出來，馬朵一路將商深送到頤賓樓下，還有幾分依依不捨。

「不早了，以後有機會再聊。」

馬朵再次和商深握了握手，他比商深大了正好十歲，是個很尷尬的年齡差距，叫叔似乎小了點，叫哥又好像大了點，他想了想，有了決定，「商深，以後別叫我馬總，太疏遠了，叫我馬哥吧。」

「馬哥。」商深嘿嘿笑了笑，搓了搓手，「我來幫八達集團解決一個BIOS問題，弄完後會去深圳。」

「好，有機會我會過來找你聊天，我會在北京待上一段時間，說不定會待上一年以上。」馬朵拍了拍商深的肩膀，又看了看范衛衛，「八達集團是很有實力的大公司，你也可以考慮留在八達集團。」

雖然商深沒有告訴馬朵仇群有挖角的意圖，但馬朵從仇群和張向西對待商深的態度上，早就看出仇群對商深的欣賞以及張向西對商深的器重，八達想挖商深已經不是秘密的秘密了。

「我不喜歡馬朵。」

回到房間，范衛衛的第一句話就是對馬朵開炮，「他太自以為是，太自負了，長得那麼矮那麼醜，還一副指點江山的樣子，好像世界都得圍著他轉一樣，典型的男性沙文主義、自戀狂魔！」

「是不是因為馬朵勸我留在北京啊？」

商深知道范衛衛不喜歡馬朵的原因中有強烈的個人情緒，呵呵笑道，「他勸我留在北京我就留在北京了？再說，他的出發點也是為我好，你別因為他長得不帥而對他有偏見，以貌取人要不得。」

「你……」

范衛衛被商深氣笑了，「算了，不說他了，反正我討厭他。他說話太有煽動性，總想說服別人無條件接受他的想法，你以後離他遠一點，要不你早晚被他洗腦。」

范衛衛看問題很準確，商深也意識到馬朵很有演講天賦，不管他提出什麼建議，都很有鼓動性和誘惑力，很容易讓人相信並且接受。不過話又說回來，馬朵的演講天賦是一個成功者需要具備的才能之一。

不過馬朵想要他對他言聽計從也不容易，商深很清楚自己的優點和缺點，優點是接受新事物快，善於學習，缺點是認準的事情輕易不會回頭，在原則問題上過於固執。

「說說崔涵薇吧，商深，你說實話，她和我，誰更漂亮？」范衛衛巧目盼兮，大眼睛轉啊轉的。

是不是只要是女孩都喜歡和別人比漂亮，而漂亮的女孩都更喜歡和別人比美醜?!這就和男人喜歡比誰更有錢、更有社會地位一樣。

商深摸了摸下巴，可惜他沒留鬍子，否則還可以搖頭晃腦地賣弄一番：

「這個，真要說實話？」

「當然要說實話了，假話誰要聽。」

見商深不痛快地說出答案，范衛衛沒來由心裡緊張了幾分。

「當然是崔涵薇……」

商深故意拉長聲調，偷眼看范衛衛果然臉色有多雲轉陰的跡象，忙說出下文：「不如你了，你比她漂亮多了。」

「真的？」范衛衛多雲轉陰的臉色迅速撥雲見日，喜笑顏開，追問道：「我哪裡比她漂亮？」

「……」

難題來了，商深用力想了想，「你比她個子高，性格好，而且比她更有女人味。」

「女人味？你的意思是說我比她顯老？臭商深，你老實說，有沒有喜歡她？」范衛衛拳頭緊握，一副要收拾商深的模樣。

商深有些無語，才見一面怎麼可能喜歡上人家？好吧，就算他對崔涵薇一見鍾情，又沒有留聯繫方式，以後也沒有再見面的可能，喜歡有什麼用？范衛衛不是挺開朗挺大方的女孩嗎，怎麼也這麼愛無理取鬧？

沒有戀愛經驗的商深當然不知道戀愛中的女孩，不管她是多大方多開朗的性格，都因為情人眼裡出西施的原因會緊張自己的戀人，唯恐他被任何一個潛在的對手搶走。在她看來，她很容易就喜歡上他，那麼別的女孩也會和她一樣輕易就被他給迷住。

商深邊躲邊笑說：「喜歡怎麼樣？不喜歡又怎麼樣？」

「你還敢跑？」范衛衛抓住一個枕頭扔了過去，「別動，讓我好好修理你一頓！不喜歡崔涵薇還好，如果喜歡，我就和你分手。」

商深沒躲開，被枕頭砸中了，索性不跑了：「喂，不會吧，這麼堅決？連精神上的走私都不允許？」

「是的，不允許。」范衛衛追上商深，卻沒有打他，而是將頭埋在他的懷裡，「我希望你一心一意對我好……」

「會的。」商深抱住范衛衛，心潮澎湃。

范衛衛挺翹的鼻子驕傲而自信，緊抿的小嘴微微上揚，五官精緻得如同畫中之人。尤其是她長長的睫毛，眨動之間就如洋娃娃一樣可愛，動人心弦又令人浮想聯翩，雖然每天都能見到她，他還是為她的美貌著迷不已，況且她的個性也讓他迷戀，加上她對他的好，他怎麼可能離開她？

商深知道，他是真的愛上了范衛衛。

「空口無憑……」范衛衛狡黠地說：「敢不敢立字為證？」

「怎麼立？」商深明知道范衛衛是半真半假地試探他，索性陪她玩一玩。

「這樣……」

范衛衛咬了咬嘴唇，悄然一笑，從行李中拿出一個厚厚的信封遞給商深，「拿著。」

商深沒有多想，接過一看，嚇了一跳，裡面厚厚的一疊百元大鈔，「怎麼這麼多錢？不對，幹嘛要給我錢？」

「一共一萬塊，都給你，不，都借你。」

「我又不缺錢，為什麼要向你借錢？」商深不明白范衛衛要玩什麼花樣。

「就借你，趕緊拿上，少廢話。」

范衛衛嘻嘻一笑，拿出紙筆，「來，我說你寫。」

「莫名其妙。」商深被她玩得暈頭轉向，只好拿過紙筆。

「今借給商深一萬元整，如果商深和范衛衛一直相愛，利息就是每天在一起的時光。如果商深不愛范衛衛了，他永遠欠范衛衛一萬元的高利貸，利息就是每天的思念，還款期限是一萬年！立字人，范衛衛、商深。」

范衛衛鄭重其事地念出一段話，見商深寫完了，用手一指下面的落款，「簽字畫押。」

「來真的呀？」商深樂了，沒有猶豫，直接簽上字。

「不行，還得按手印。」

范衛衛不知道從哪裡翻出一個印臺，非讓商深畫押。

「好吧。」商深無奈，只好聽話地按了手印。

「我也按。」

范衛衛簽上名字，也按下手印，然後小心翼翼地收起字據。

「只此一份，我來保管。以後如果你背叛了我，哼哼，我只要拿出字據，要你欠我一輩子的情債。」

世界上最難償還的債是就人情債和情債，人情債還有還清的可能，情債卻永遠無法還清。商深只當范衛衛是戀愛症候群的表現，並未多想。

「我以後要好好照顧你，日日夜夜，時時刻刻。」范衛衛又說。

「為什麼不是讓我好好照顧你？」商深笑了，覺得范衛衛越來越有意思了，「不是應該男人照顧女人嗎？」

「因為……」

范衛衛嘻嘻一笑，笑容中有說不出來的調皮，但在調皮中，又有一絲認真：「因為如果讓你照顧我，你就是主動的一方，是我依賴你而不是你依賴我，你隨時可以因為不需要我而放棄我。但我照顧你就不一樣了，我是主動的一方，你習慣了我的照顧，我的存在，當我是生活中必不可少的一種生活方式，你就會因為很難打破習慣而不會輕易離開我。因為離開我，作為一個生活自理能力很差的人，你就喪失了自主生活的能力，所以你沒有辦法離開我，我就是你的視線，你的拐杖，你的全部。」

真是一個聰明的女孩！商深喟嘆。

許多女孩喜歡讓別人照顧，以撒嬌和不會做一切事為榮，覺得只要可愛只要漂亮就夠了，卻不知道，可愛和漂亮會隨著時間的流逝變得一文不值。

男孩喜歡一個女孩，可以是因為她的漂亮；男孩離不開一個女孩，卻不會是因為她的漂亮，而是因為她的性格；而男人願意天長地久和一個女人生活一輩子，漂亮和性格就都成為了其次，習慣了她的存在才是最主要的原因。

那麼怎麼樣讓一個男人習慣一個女人的存在？聰明的女人就是讓男人安心享受她的照顧，在她無微不至的照顧下幸福而知足的生活，這樣，男人就會把她當成是生命中不可或缺的一個重要部分，就如他的手，他的腳一般，時刻必須寸步不離。

「好吧。」

商深認輸了，或者說是妥協了，在戀愛中，要允許女孩一定程度的胡鬧，胡鬧和撒嬌一樣都是因為愛所以在意的體現，況且在愛情裡面不需要講理，也講不通道理，愛情裡面只談情說愛。

「既然你主動提出要照顧我，那麼我就滿足你的願望——去打盆洗腳水，給我洗腳。」商深故意試探說。

范衛衛眉毛一挑，正要發作，忽然低眉順眼地笑道：「遵命，相公。」

「相公？」商深啞然失笑，「你們南方人不是喜歡叫丈夫老公嗎？南方男人地位真低。」

「怎麼說？」范衛衛還真為商深接了洗腳水，蹲在地上，還要替他脫鞋。

商深十分不習慣讓別人為他服務，忙自己脫了鞋洗腳。

「古代，女子稱呼丈夫為良人、官人、相公，最不濟也叫郎君、夫君，到了近代變成了先生，先生也勉強說得過去，聽上去像是有學問有涵養的人。到現在，慢慢演變成當家的、孩子他爹，再到今天，北方對丈夫的稱呼變成愛人，南方卻喜歡稱之為老公，老公在古代是民間對太監的叫法，這樣看來，男人的地位是王小二過年，一年不如一年。」

「哈哈……」

范衛衛笑得蹲在地上快直不起腰，「我覺得還是相公最好聽，叫起來也最有感覺，我以後就叫你相公好了。孩子他爸的叫法最不靠譜了，因為孩子他爸不一定就是丈夫啊。」

「孩子他爸怎麼可能不是丈夫呢？」

商深一下沒回味過來，正想反駁范衛衛，話剛要出口想通了，不禁挖苦道：「你可真壞。」

「所以說遇到一個好女孩，千萬要珍惜，要不以後就很難遇上了。萬一愛上一個喊你丈夫但你不是孩子他爸的女孩，就太慘了。」

范衛衛及時對商深耳提面命並且推銷自己，「商深，你可不要被一些女孩的外表迷惑，俗話說娶妻娶賢，我可是既漂亮又賢慧的孤品。」

「孤品？用詞不當，應該是極品才對。」

商深洗完了腳，正要擦，范衛衛卻拿過毛巾，輕輕為他擦腳。

蹲在地上的范衛衛，身形呈現出完美的弧度，腰細臀圓，曲線窈窕。商深腳上傳來癢癢的感覺，心中卻是溫暖無邊。范衛衛是真心對他，她為他端水洗腳，還親自替他擦腳，以一種低到塵埃裡的溫柔洞穿了他的內心。

今生今世，他一定要善待這個女孩，她不但給了他全部的愛和關懷，也給了他辭職的勇氣，或許還會改變他一生的命運。

「極品女孩有很多，不會只有我一個，但我就是我，是獨一無二的孤品。」范衛衛低下頭，兀自說個不停，她不但是第一次為一個男孩洗腳，還是第一次近距離打量一個異性的腳，不由走神了。

「衛衛……」商深聲音低沉而溫柔，有一股青春的萌動。

「嗯？」范衛衛不知道商深被她感動，心中柔情蜜意如潮水般洶湧，「什麼？」

「我……」

商深的目光落在范衛衛身體曲線玲瓏的地方，秀美的脖頸、性感的雙肩、纖細的腰身，令他渾身燥熱，有一種要擁范衛衛入懷的衝動。

青春就是哪怕對未來是一無所知的迷茫，也要有對異性義無反顧的嚮往；就是一無所有，窮得只剩下了年輕，卻還念念不忘天長地久的荒唐；就是不顧一切地為了愛情而勇往直前的純真，就是再苦再累，也要微笑著面對明天，哪怕摔得遍體鱗傷的張狂。

「你怎麼了？水太熱還是水太涼？」

范衛衛沒有意識到商深早已意亂情迷，對她有所意動，她擦完商深的腳，剛站起來，就被商深迎面抱住了。

「商深……」范衛衛感受到商深的熱情猶如火山爆發之前的醞釀，她心慌了，用力一推商深，「不要這樣，我還沒有準備好。」

范衛衛說得對，太快了，她沒有準備好，他又何嘗不是？

商深瞬間清醒了，他輕輕摸了一下范衛衛的後背，輕聲說道：「你也洗洗腳。」

雖然不明白為什麼商深的激情又迅速退潮了，范衛衛心中長舒了口氣，如果商深真要對她有所動作的話，她是該拒絕他還是順從他？

順從他，她過不了自己的心理關，她是喜歡商深不假，但還沒有喜歡到那種地步；拒絕他，又怕傷了他的自尊，讓他和她的感情出現裂痕。還好商深自己止步了。

范衛衛洗澡後，穿了睡衣上了床。

夏天的緣故，不需要蓋太厚的被子，只搭了一床薄薄的毛巾被。側臥在床上，她曲線玲瓏，起伏之間，青春與飽滿之美一覽無餘。

范衛衛背對著商深，沒敢睜眼，唯恐看到黑暗中商深明亮的雙眼。雖然她比一般女孩大方而大膽，但她畢竟是女孩，應有的矜持和羞澀讓她還是不敢和商深隔床相望，相視而眠。

和商深同居一室，已經是她最大的底線了。

胡思亂想了一番，不知不覺就睡著了。

## 第九章

# 八達集團

八達集團是業內的巨無霸，擁有無人可及的市場佔有率，也是行業的領軍人物。

穿過辦公區，商深強壓心中的激動，

他再清楚不過八達集團的影響力和地位，

也知道如此有分量的行業領軍企業，必然會彙聚行業的最頂尖人才。

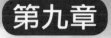

第二天一早，張旭輝就到樓下來接商深。

范衛衛不好意思跟著商深一起，畢竟商深是辦正事，她就以去拜訪同學和爸媽在北京的朋友為由，獨自出行。

商深也沒勉強，跟隨張旭輝一起來到八達集團總部。

八達集團總部距離商深所住的頤賓樓不遠，走路不過十幾分鐘左右，張旭輝卻還是開車來接，商深頗有受寵若驚之感，更感覺重任在肩，如果不能幫仇群解決問題，不但自己大丟面子，也會讓仇群大失所望。

和周圍林立的建築相比，八達集團的辦公樓整體呈現灰色色調，並沒有什麼出奇之處，不注意觀察的話，甚至很難發現門口的銅牌上有八達集團的名字，給人一種低調而神秘的感覺。但八達集團在業內的名氣之大，讓許多同行不敢小覷。

一九九五年微軟推出Windows95作業系統，是八達集團一個重要的轉捩點。下半年，包括ＨＰ、康柏等廠家也開始使用ＯＭＥ八達集團的產品，八達集團是國內第一家採取這一策略的商家。一九九六年，在中國的幾十家大型網上服務提供者和政府部門，以及ＩＢＭ、惠普、英特爾、摩托羅拉、康柏、聯想和同創等品牌機，陸續預裝八達集團的中文系統軟體，覆蓋面達到百分之七十以上。

毫不誇張地說，八達集團是業內的巨無霸，擁有無人可及的市場佔有率，也是行業的領軍人物。

穿過辦公區，商深強壓住心中的激動，他再清楚不過八達集團的影響力和地位，也知道如此有分量的行業領軍企業，必然會彙聚這行的最頂尖人才，他初出茅廬，真的可以解決許多高手都解決不了的難題？

商深倒不是對自己沒信心，而是想自己給自己打氣，如果他能夠在人才濟濟的八達集團也能嶄露頭角的話，就說明他已經是業內的頂尖水準了。

商深還以為直接領他去解決難題，不料張旭輝領他來到仇群的辦公室。

「仇總有話要和你說。」

張旭輝任務完成，朝商深點點頭，轉身走了。

「謝謝張叔。」商深不忘感謝張旭輝。

敲門進去，讓商深驚訝的是，房間中並不是只有仇群一人，另外還有一個人。戴一副金絲無框眼鏡，長方臉，厚嘴唇，大鼻子，大耳朵，頭髮有些亂，似乎沒怎麼梳理，此人給商深的第一印象是不修邊幅，但沉穩可靠，值得信任。

許多時候，第一印象很重要，第一印象會決定你對一個人的最終印象，雖然有時第一印象並不準確，但又不得不說，第一印象往往會左右你的判斷。

仇群的辦公室不大，裝修很簡單，素淨而實用。房間中除了一張辦公桌外，還有一張電腦桌，電腦桌上有一台桌上型電腦。

讓商深羨慕的是，仇群的辦公桌上還有一台筆電。

「商深來了。」仇群一臉笑容，上前和商深握手，然後為商深介紹金絲眼鏡，「來，我介紹一下，張向西，八達集團總經理。張總，這就是商深。」

張向西呵呵一笑，笑容真誠而純樸，他向前一步和商深握手：「商深，早就聽過你的大名，請來你幫我們解決難題，辛苦你了。說吧，你有什麼條件，儘管說。」

他就是傳說中的張向西，曾經的軟體奇才和第一程式師？商深暗暗激動，張向西的大名在北京乃至全國的ＩＴ圈子內，幾乎無人不知無人不曉，如果列出一個ＩＴ英雄傳的話，張向西至少排名在前五名之內。

商深不知道的是，一年多後，張向西的名字席捲了整個互聯網！

果然是性情中人，開門見山先提條件，後讓人幹活，商深按捺住心中的激動，想了想，不好意思地說：「我沒有討價還價的經驗，張總看著給吧。」

「哈哈。」張向西大笑，「這樣吧，解決了BIOS啟動問題，給你兩千塊，怎麼樣？」

商深在儀表廠的工資才兩百塊，兩千塊幾乎相當於他一年的收入了，商深很滿意，點頭道：「行，我同意。如果解決不了的話，就不收費了。」

「現在就開始？」

張向西見商深不貪心，而且還很真誠，本來就對商深印象不錯的他，印象更好了。他還真有幾分急切，想親眼看看商深的本事，作為程式師出身的他，只有親自驗貨才相信商深是貨真價實的人才。

「沒問題。」商深也早就躍躍欲試了。

對電腦有超常喜愛的他，幾天不摸電腦就手癢，一見電腦就雙眼發亮，而且同樣作為技術出身的他，天生對解決難題有莫名的興奮，他二話不說就坐在電腦前，然後打開了程式。

張向西和仇群相視一笑，二人一左一右站在商深背後，要親眼目睹商深究竟怎樣解決許多高手都無法解決的難題。

尤其是張向西，他本想自己解決，不料試了幾次卻沒有成功。技術出身的人都很自負，認為自己解決不了的難題別人也很難解決，而且商深比他小了七八歲，真的會比他高明？

當然張向西也清楚，寫程式和寫文章一樣，需要一定的天賦，或許商深就是一個天才的程式師。

商深一坐到電腦面前，就如變了一個人似的，如果說平時的商深是個有點陽光有點靦腆的大男生，和一般人沒有太大區別，那麼坐在電腦面前的他，就如同一個深藏不露的高手，一旦寶劍在手，忽然就迸發出凌厲的氣勢和沖天而起的殺氣！

商深十指如飛，快速地在鍵盤上敲擊著，一行行代碼有如行雲流水的音符一樣出現在電腦螢幕上，他目光專注而犀利，緊盯電腦螢幕就如緊盯對手的劍招。

在他眼中，不管是驅動程式的難題還是BIOS故障，都是一個高深莫測的對手，在浩如煙海的代碼中找到故障的原因，就和通過觀察對手的移形換位，發現對手的破綻從而一擊得手擊敗對手一樣。

三分鐘。

五分鐘。

張向西目不轉睛地盯著電腦螢幕，眉頭微鎖，見商深從最常見的手法開始查找代碼的錯誤之處，不由微感失望，似乎言過其實，商深並不是什麼天才高手，他的第一招出手太常見了，絲毫沒有出奇之處，既不是劍走偏鋒，又不是大刀闊斧，毫無創意。

十分鐘後。

張向西微鎖的眉頭舒展了幾分，他驚奇地發現，在平庸的開局之後，商深漸入佳境，開始了大刀闊斧地跳躍方式，只幾個回合就檢查了半數以上的代碼。

又過了三分鐘，張向西臉露驚喜之色，一顆心終於落到了實處，他朝仇群點點頭，悄悄豎起了大拇指。

「呼……」

仇群緊繃著的一顆心也舒展開來，他雖然竭力向張向西推薦商深，卻也冒了一定的風險，如果不是他真的欣賞商深而且愛惜商深的才華，他也不會向張向西力薦，因為他太瞭解張向西了。

張向西是一個很注意細節和品質的人，尤其對於技術型人才，他都會親自把關。不符合他要求的人，哪怕技術水準很高，但在思路上和他不同步的人，他都看不上。

本來一開始仇群猶豫著要不要向張向西介紹商深，以張向西的為人，商深進入他的視線會有兩種結果，一是被他看上，然後重用，成為公司的骨幹；二是從此被八達集團拒之門外。甚至以張向西的影響力，有可能會讓整個ＩＴ業都對商深關上機會的大門。

此次對商深來說既是一次難得的機遇，也是一次嚴峻的考驗，如果通過，商深就能打開通往春天的地鐵；萬一失敗，商深就會從哪裡來，再回哪裡去。

商深從儀表廠辭職的消息，仇群也聽畢工說了，商深背水一戰的勇氣讓他十分佩服，也讓他暗暗驚嘆。他還以為商深也是循規蹈矩的性格，因為學程式的人多半養成了不到沒有退路之時不會打破現狀的保守性格，這也是技術宅男的共同特性，沒想到商深居然會在有路可退時自己斷絕了後路，破釜沉舟了。

因此，仇群決定不告訴商深這一次的難題難度有多高，就讓商深輕裝上陣，以初生牛犢不怕虎的精神來挑戰他人生遇到的第一個難關，或者說，來輕鬆面對他人生中第一個重大選擇吧。

一開始張向西眉頭緊鎖的表情，讓仇群的一顆心提到了嗓子眼裡，他不懂程式，不知道商深進行得怎麼樣，但從張向西的表情變化中大概猜到問題所在，要麼是商深進展得不太順利，要麼是張向西對商深的思路不太滿意。

仇群在心中不斷替商深加油：希望你施展你全部的才華，一路劈荊斬棘，不管有多大的難題都所向披靡，如果能得到張向西的認可，你就邁出了成功的第一步，等於是初步站穩了腳跟。

要知道近年來得到張向西認可的人並不多，尤其是近一兩年來，甚至可以說是絕無僅有！以張向西教父級的地位，他如果推舉一個人的話，這個人就會一舉成名，身價從零一夜之間上漲到月薪兩千元都不成問題。而現在的北京房價才四千到八千元一平方米。

張向西的眉頭一直緊鎖，仇群的心就一直高高提起無法放下，他緊張地出了一頭汗，手由於握得過緊，攥得手心生疼。好在讓他微感欣慰的是，商深全神貫注地投入到程式中，完全是一個高手全部身心沉浸在一招一勢之中的出神入化的狀態，對他和張向西當不存在一樣。

不錯！有定力！仇群更看好商深了。一個做事認真並且投入的人，才是可以成事的人。

心無旁騖是成就大事的基本功，如果商深還要察言觀色注意他和張向西的神色，那能寫好程式做好事情才怪。

還好，在經過漫長的二十多分鐘後，張向西嚴肅的表情終於有了一絲回暖，仇群感覺就如一個即將溺水的人終於游到了岸邊，那份筋疲力盡之後的喜悅，如同獲得新生一樣。

如果讓商深知道仇群對他是怎樣的關心和在意，他肯定會感動得一塌糊塗，可惜他不知道，因為他正沉浸在難題中無法自拔。

確實是一個天大的難題，比他以前遇到的所有問題都要難上十倍，甚至十幾倍。一開始，商深想用笨辦法找到問題所在，但在找了將近十分鐘後，他意識到這樣下去不行，太耗費時間和精力，而且還很有可能查不到問題所在，他決定另闢蹊徑。

商深不是劍走偏鋒的性格，所以讓他劍走偏鋒也不可能，他所謂的另闢蹊徑，其實是從中間向兩邊查找。還好，他在大學期間沒有荒廢學業，既沒有沉迷於遊戲和武俠小說，也沒有只顧談戀愛，而是一心放在學習上，讓他擁有比別人更扎實的基本功。

又過了十幾分鐘，商深心中有了解決難題的初步思路，停了下來，回頭對張向西說道：「給我一個晚上。」

張向西知道剛才商深只是大概找到了問題所在，其實之前他也查到了問題的癥結，卻沒有想出解決之道，驚訝地道：「一個晚上？你確定？」

「應該問題不大。」商深靦腆地說，「主要是我時間不多，修復故障後，我還要去深圳，不能在北京久留，所以……會盡量一個晚上解決！」

張向西難以置信地說：「如果你一個晚上真能解決問題，我給你的報酬增加到三千塊，怎麼樣？」

「不用，就說好的兩千就行了。」商深誠懇地道：「已經說好的事，我不會反悔，而且剛才我答應兩千塊，也沒有事先說好解決問題的時間，這說明張總對我十分的信任。」

張向西從一個小程式師做起，到今天當上八達集團的總經理，也算是經歷了許多人與事，很難再被感動，今天，他卻被商深的話深深的觸動了。

他也從年輕時過來過，知道商深正是缺錢的年紀，對主動送到手邊的錢卻能堅守本分，不多拿一分，太少見了。

他感慨地拍了拍商深的肩膀：「商深，你能站在別人的立場上考慮問題，十分難得。好，今天晚上你要在辦公室加班也行，不想在辦公室加班就回賓館，我給你配一台筆記型電腦。」

「好呀，我最喜歡筆記型電腦了。」商深憨厚地笑了，搓了搓手，「謝謝張總。」

「不用謝。」張向西愈加喜歡這個靦腆真誠的小夥子了，「總有一天你會擁有屬於自己的筆電，不，擁有屬於自己的成功。」

隨後，張向西有事離去，房間中只剩下了仇群和商深。

「商深，你真的有把握一個晚上解決？」

仇群還是不太相信，ＢＩＯＳ啟動難題困擾了公司上下的全部技術高手，甚至連香港的高手也找了來，還是沒有絲毫進展，商深怎麼可能一個晚上就能解決？

「你不要急著離開，北京比深圳機會多，我希望你認真考慮一下留在北京的可能。」

商深笑笑說：「我已經答應衛衛要陪她去深圳，就一定要去，說到就要做到。」

仇群想了想：「你去深圳還想不想從事ＩＴ行業？」

ＩＴ行業是指包括電腦、網路、通訊等資訊領域等行業的統稱，包含三個方面，即硬體、軟體和應用，電腦和互聯網以及程式相關應用，都屬於ＩＴ行業。

「應該會。」商深的夢想就是從事ＩＴ行業，但究竟從哪裡入手，還沒有太具體的想法，「按照我的興趣，我想從事ＩＴ行業。」

「八達的月薪可以到五百元以上，自動化研究所的工程師一個月才一百一十塊，而且八達年終還有分紅。」

仇群想說服商深，商深是他發現的人才，他希望通過他的努力讓商深留在八達。

「傳統行業在今年是一個崩壞年，在山東，標王秦池酒業崩盤、三株口服液瓦解。在東北，瀋陽飛龍奄奄一息。在珠海，時代偶像史玉柱的巨人大廈停工。在中原，鄭州亞細亞商場陷入絕境……」

「而現在中關村的聯想公司卻是另一番景象，在過去十二個月裡，聯想賣出四十三萬台電腦，超過ＩＢＭ成為全球認可的中國市場銷量第一。商深，電腦製造商的輝煌是互聯網公司的曙光，預示著新的歷史時期的到來。王陽朝在北京創辦了愛特信，向落在廣州成立了絡容，張總也準備在八達利方論壇的基礎上成立一家網站，現在已經到了最後的衝刺階段。不出意外的話，九月，張總會用八達的股權換來一筆來自美國的投資（後來人們才知道這樣的資金有一個很好聽很誘人的名字，叫風險投資。）最晚明年，八達也會一腳邁進即將到來的互聯網浪潮中。」

陽光從窗戶中透射過來，照在仇群意氣風發的臉上，呈現欣欣向榮的生機。商深也被仇群的話感染了，彷彿在萬道金光之中，他恰逢其時，成為乘風破浪的弄潮兒。

以商深對張向西、王陽朝和向落的對比，經歷豐富、資金雄厚又是專業出身的張向西如果做網站，應該會比王陽朝、向落更勝一籌。如果他選擇留在八達，新網站上線後，他作為第一批加入的員工，以後肯定會成為元老級人物。如果工作出色的話，有原始股在手，等上市之時，一夜之間成為百萬，甚至千萬富翁也不是沒有可能。

不過……商深還是想先去深圳一趟，范衛衛對他影響很大，還有，他對深圳也充滿了嚮往。

「謝謝仇總的一番好意，我還是想先去深圳看看再說。如果從深圳回北京的話，我會再找仇總，到時仇總別不認識我了。」

見商深主意既定，仇群也不再勉強，哈哈一笑：「怎麼會？我的大門永遠向你敞開。」

「對了，仇總認識馬朵嗎？」

商深突發奇想，想聽聽仇群對馬朵的看法。

「不太熟，見過一兩面，怎麼了？」

「仇總覺得他的中國黃頁網站有沒有前景？」

「從目前的發展來看，還是門戶網站更有發展空間，我也相信以後的網站會是門戶網站的天下。」

儘管現在馬朵的中國黃頁網站已經贏利，而且馬朵還受到外經貿部的重視，但仇群還是不看好電子商務的未來，他認為上網的線民大多以流覽新聞和時事為主，誰會上網做生意？

商深卻不這麼看：「女人喜歡逛街購物，男人就不喜歡，如果以後有一個網站可以和百貨公司一樣出售各種東西，坐在家裡點點滑鼠就可以買到喜歡的東西而不用出門，這樣的網站一定會大受歡迎。而且現在是資訊時代，當人們都習慣在網上查找東西的時候，哪家企業不上網就落後了。以前想查哪家企業的電話，需要通過查號臺，而網站就可以取代它的功能了。」

「你的說法也有一定道理，不過，這個功能可以集成在門戶網站的分類下面，不用單獨做一個專業網站。」仇群部分贊同商深的觀點，「明年我們的網站上線的時候，就會在分類裡面提供相關的資訊。一個入口網站既可以流覽新聞和時事，又可以查找感興趣的商品或是資訊，包羅萬象一網打盡，才是網站的最高境界。」

儘管仇群的說法不無道理，商深卻總覺得哪裡不對，想再和他理論幾句，又無從說起，也許他想的還是不夠全面，就笑了笑，結束對話。

「我回賓館了，明天交作業。」

陽光明亮得刺眼，北京已經進入盛夏，走在太陽底下，很快就曬出一身大汗。

走在中關村大街上，看著新修好的雙向八線車道的寬闊道路，商深有一種物是人非的感慨。以前中關村大街還叫白頤路的時候，道路兩側的楊樹遮天蔽日，在炎熱的夏季帶來不一樣的清涼，置身樹下行走，心情舒暢而美好。現在道路雖然拓寬了許多，但兩側的大樹全部被剷除。

道路是寬了，樹卻沒了，除了喧囂還是喧囂，不再有當年走在樹蔭之下的涼爽和美好。發展總要付出這樣那樣的代價，北京在都市化的過程中，也迷失了自己，許多很有傳統和民族特色的建築被推倒，蓋起了千篇一律的高樓大廈。

不過，擴建後的中關村大街，確實在時代的飛速發展中見證了許多歷史時刻。中關村大街現在是諸多知名公司的所在地，除了八達集團之外，還有聯想；在和中關村大街不遠的知春路上，也是日後許多赫赫有名的公司的誕生地，比如金山，比如小米。

許多創業者如飛蛾撲火一樣湧到這一帶，幾乎每個角落裡都潛藏著野心勃勃的創業者和口若懸河的演講家，都夢想著一舉成名或是一夜暴富。

許多年後，許多傳奇從這裡誕生，走向全國，衝向世界。

如果說商深之前辭職，一半有賭氣的成分，一半是因為范衛衛，那麼去深圳的決定，一大半是因為范衛衛的鼓動，一小半也是他想走一走看一看，開拓眼界增加見識。

但現在，從八達總部出來後，看著周圍熙熙攘攘的人群以及道路兩旁各類醒目的電子產品的廣告，感受到肩上沉甸甸的背包中的筆電，他忽然做出一個重要的決定！

回到賓館，范衛衛還沒有回來，商深打開仇群為他配備的筆電，準備修改程式。

這是一台ＩＢＭ於一九九六年推出的ThinkPad560，機身超薄，只有一點二英寸厚，重量只有一點九公斤，十分方便攜帶，而且還可通過紅外線進行資料的無線傳送和通訊，是ＩＢＭ最先進的產品。

若干年前，ＩＢＭ研製出一種可攜式電腦，如何命名讓許多人絞盡腦汁。一次命名會議上，當時的負責人隨手把一個封皮上印著「THINK」的小本子扔到桌上，一個人靈光一閃，喊道：「ThinkPad……這個名字怎麼樣？」

從此以後，ThinkPad——會思考的筆記本——就成了ＩＢＭ筆電的品牌，而這個會思考的筆記本也影響了全世界。

商深一直夢想可以擁有一台ThinkPad，可惜以他的收入遠遠買不起，現在手拿最先進的ThinkPad，不免有幾分激動。

男人對電子產品的熱愛就如女人對衣服和化妝品的狂熱癡迷，商深可以對諸多電腦的型號和配置如數家珍，比如硬碟大小、記憶體多少以及ＣＰＵ的頻率等等，卻對衣服和化妝品品牌一無所知。

剛打開電腦，還沒有打開程式，傳呼機忽然響了。

「速回電話，葉十三。」

房間內有電話，可以打市話，商深拿起電話打給了葉十三。

「商深，你來北京怎麼也不和我說一聲？不當我是哥們啦？」葉十三的聲音，焦急中透露出一股關切之意，「聽說你從儀表廠辭職了？你瘋啦，這麼大的事怎麼事先也不和我商量一下？還有，你也沒有和叔叔阿姨商量吧？」

聽到葉十三熟悉的聲音，商深心中閃過一絲溫暖，到底是從小一起長大的朋友，雖然他懷疑過黃漢和寧二事件的背後有他的影子，但只是懷疑沒有證據，他對葉十三多年的感情還是難以割捨。

葉十三說得對，他辭職的事，確實沒有和爸爸媽媽商量，怕的就是爸媽不讓他辭職。爸媽思想傳統，對他大學畢業後分配到國營企業很是自豪，如果他告訴爸媽他辭職了，爸媽肯定會氣得痛罵他一頓。

「事情已經發生了，你埋怨我也沒用，十三，先替我保密，我不想讓爸媽知道，為我擔心。」商深故作輕鬆地說，「現在只能走一步算一步了。我來北京只待一兩天就要去深圳，怕沒時間見你，就沒和你說。」

商深的解釋葉十三並不滿意。

「你太衝動了，商深，不是我說你，你是被愛情沖昏了頭腦。是，我承認范衛衛漂亮、大方，思想觀念也超前一步，但你才認識她多久？我都認識你快二十年了，你認識她還不到二十天，商深，幾天時間你覺得你真能看清一個人？現在回頭還來得及！」

「你是勸我和衛衛分手？十三，你是畢京的說客？」商深聽出葉十三的弦外之音。

「我是勸你懸崖勒馬，不要再錯下去了。你去深圳又能怎樣？她保證給你安排一個不錯的工作，還是保證愛你一輩子，一定嫁給你，和你在深圳成家立業？」

葉十三越說越氣，聲音也越來越大。

「商深，我對你很失望，你為了一個女人丟掉工作不說，還去懷疑你十幾年的哥們，我算是看透你了！」

商深愣了，在德泉縣見面時，葉十三還對范衛衛印象不錯，並沒有反對他和范衛衛的交往，現在是怎麼了？難道他辭職真讓葉十三這麼生氣？

不應該呀，作為他多年的死黨，葉十三不可能不瞭解他的脾氣，他辭職的因素中固然有范衛衛的原因，但並不是完全因為范衛衛，而是他實在受不了儀表廠死氣沉沉的狀態以及畢工的刁難。他意識到與其在儀表廠耽誤一輩子，不如先跳出來，投身到時代的洪流之中。

「十三，你聽我說……」

葉十三突如其來的發火讓商深大感奇怪，他想向葉十三解釋，想告訴葉十三，他去深圳固然有愛情的因素在內，其實是有更長遠的打算，同時他心中也有些氣憤，想問葉十三，在他和畢京之間，葉十三到底更傾向誰。

「算了，我不想聽你解釋了。」

不等商深說完，葉十三氣呼呼地掛斷了電話。

「哎……」

商深還想再問葉十三幾句關於馬朵的事，葉十三是馬朵的手下，應該比他更瞭解馬朵多一些，沒想到葉十三居然連解釋的機會都不給他，讓他大感無奈，頗是無言，葉十三到底是怎麼了？

在育慧南路一個名叫京夜的茶館裡，葉十三、畢京在一個包間裡並排而坐。二人的對面也坐著兩個人，一個黑瘦，一個白胖。

赫然正是黃漢和寧二。

茶館取名為京夜，也不知道是不是取北京之夜之意。

「商深要和范衛衛一起去深圳？」儘管窗外陽光明媚，畢京卻臉色烏雲密佈，「這麼說，我以後真的沒有半點機會再追到范衛衛了？」

葉十三喝了一口茶，不加冰糖的菊花茶入口之後，有一絲微微的苦澀，此時他的心中也是苦澀難言，但沒有苦澀怎會有甘甜？當斷不斷，必受其亂！他把心一橫，時不我待，就一條路走到黑吧。

「也不一定就沒有機會了，商深也許在深圳待幾天就又回來了。」

葉十三不明白畢京怎麼就那麼喜歡范衛衛，他勸畢京：

「天涯何處無芳草，畢京，你何必非要單戀范衛衛一枝花？范衛衛漂亮是漂亮，但北京的漂亮女孩多得是，我就不明白，一個男人怎麼會因為一個女人而不顧一切？太不理智，太傻瓜了。」

「你不懂，無情未必真豪傑，你以為所有人都和你一樣，覺得除了賺錢之外其他一切都無所謂？杜子清那麼喜歡你，你對她總是不冷不熱，我都替子清委屈。你不懂愛情！」畢京嘿嘿一笑，笑容中七分調侃三分惋惜。

葉十三不以為然地搖搖頭：「我不懂愛情？我對愛情的理解比你深刻多

了，不只是你，就連商深也不知道，我的愛情在高中時就死掉了，以後再也沒有復活。你知道心如死灰是什麼感覺嗎？就是全世界都是大火，你卻感覺不到一絲溫暖。」

「你高中時才多大，就有了刻骨銘心的愛情？別逗了。是誰啊？是哪個女孩傷透了你的心，讓你對愛情絕望啦？」畢京擠眉弄眼的，八卦火焰熊熊燃燒著。

「不能告訴你她是誰。」葉十三落寞地一笑，笑容中有說不出來的悲淒，語氣低沉。

「人的一輩子或許會遇到許多人，但真正走進你心裡的只有幾個人，兩三個知己和一個知心的愛人而已。許多人一輩子愛來愛去，看似愛過許多人，其實那不是愛，只是好感，只是喜歡，只是荷爾蒙分泌的副產品，真正的愛，一輩子只有一次。當你真正愛過一次之後，你會發現，除了她的面容清晰之外，世界上所有的人都只是模糊的面孔。」

「到底是誰？是不是男人，吞吞吐吐的，真不爽快。」畢京更加好奇了，道：「不會是你喜歡過的女孩只喜歡商深，而商深不知道，所以你才一直把對商深的不滿和恨深藏在心底？」

「喝茶，喝茶！」葉十三含蓄地笑了笑，顧左右而言他，「在商深和你之間，我可是一直在幫你，甚至連你想從商深身邊搶走范衛衛，我也沒說什麼。以我和商深的關係，不反對你就是對不起商深了。」

「天下乃天下人之天下，唯有德者居之，同樣，美女是所有人的美女，有本事的男人才配擁有，哈哈。」畢京哈哈一笑，「別說范衛衛還沒有嫁給商深，就算她嫁人了，我也照樣會想盡一切方法把她搶到手。只要鋤頭揮得好，哪有牆角挖不倒？」

葉十三不以為然地說：「你的觀念很不正確啊，怎麼總是喜歡搶別人的東西？」

「偷東西會做賊心虛，但搶東西會有成就感，哈哈。」

畢京放肆地大笑著，笑聲傳出房間，惹得外面安靜喝茶的客人頻頻皺眉，十分反感。

## 第十章

# 看清方向就行了

馬朵自嘲說，「許多人都說我是典型的外行領導內行，
但我是發展趨勢上的內行。我不需要懂太多的電腦技術，
也不需要會編寫程式，我只需要看清方向，告訴你們向哪個方向走就行了，
至於怎麼走，就是你們的事情了。」

「我好歹是有一說一，事情都做到明處，就是要和商深競爭范衛衛，就算是不擇手段，至少也明人不做暗事，你呢？你可是在背後算計了商深好幾次，明明不喜歡杜子清卻和她在一起，對你來說，商深算什麼，杜子清又算什麼？」

對畢京半是玩笑半是認真的指責，葉十三不動聲色，扭頭望向窗外，古色古香裝修風格的圓形窗戶，很有古代深宅大院的味道，窗外是幾株高大的白楊樹，風一吹，葉子嘩嘩作響，就如夏天最動人的樂章。

小時候，他常常和商深一起跑到村子南邊的樹林裡玩耍，在兩棵楊樹之間搭一個樹床，躺在上面，仰望遮天蔽日的寬大的楊樹樹葉，聽風過楊樹嘩嘩的聲響，輕風習習，渾然不覺夏天的炎熱，反而覺得夏天充滿了樂趣。

還記得他和商深在樹林裡追逐打鬧，除了他和商深之外，還有寶家和甜甜，兒時的笑聲穿透了十幾年的歲月在耳旁迴響，近在咫尺又遠在天邊。

童年的歡樂是那麼的純真，那麼的開心，只是一切都過去了，而且永不再重現。

「商深是我關係最好的死黨，曾經的發小。杜子清是我的女朋友，現任的女朋友。」葉十三收回目光，回答了畢京的問題。

「曾經的發小，現任的女朋友，言外之意是，曾經是過去式，現任也會變成前任！十三，你可真是一個喜歡見異思遷的人。」

畢京眼中閃過一絲亮光，一閃即逝，「商深和杜子清都成了備胎，真可憐呀。當然了，杜子清更可憐，她不但是備胎，而且還是你將就的愛情。友情將就倒沒什麼，畢竟友情可以有很多，但愛情就不一樣，愛情是一對一的唯一，真不公平。」

「愛情友情還有事業，哪裡有真正的公平？不說這些了……」葉十三擺了擺手，「還是說說正事吧，畢京，祝賀你被微軟正式聘用了，以後前途一片光明，比我強多了。我可是跟著馬朵，本來以為要回杭州，沒想到馬朵要留在北京和外經貿部合作，我也只好繼續留在北京了。說實話，我不喜歡北京，氣候太乾燥，人太雜，還是杭州安逸。」

「杭州、揚州、蘇州都太安逸了，你沒讀過歷史？有多少英雄一到江南就沒有了進取心？溫柔鄉英雄塚，我喜歡北京，北京資源多機會多，適合創業，適合拼搏。」

畢京和葉十三看法不同，「我的目標是爭取在一年內打敗商深搶到范衛衛，三五年內做到微軟中國的中層，達到年薪十萬。五年後，在北京買房買車，成為真正的北京人。怎麼樣，目標還算立足現實，沒有好高騖遠吧？」

「打敗商深還不容易？畢哥，你現在是跨國公司的白領階級了，商深還是無業遊民，他哪能和你比？」黃漢憋了半天，終於忍不住插嘴了，「再說哪用一年的時間，除非商深不回北京了，只要他再回到北京，我和寧二一出馬，保管一天之內就把他收拾得服服貼貼，立馬拱手送上范衛衛。」

寧二卻沒有黃漢的樂觀：「先不說商深詭計多端，很難收服，就說商深萬一去了深圳不回來怎麼辦？要不就現在趁商深還在北京先收拾他一頓再說，有仇先報才是好漢。」

「商深住哪裡？」畢京問葉十三。

「我沒問他住在哪裡，不過他打來電話時，用的是賓館的電話。」葉十三一邊說，一邊拿出了手機。

畢京沒有說話，拿過葉十三的手機就回撥了回去，片刻之後笑了：「頤賓樓，二二一號房。」

黃漢和寧二對視一眼，二人一言不發起身就走了。

「這樣……不好吧？」葉十三等黃漢和寧二走了之後，不安地說道：「好像我剛才呼叫商深是故意套他住在哪裡似的？」

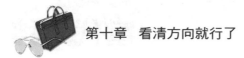

「和你沒關係，你也不是有意透露他的住址，剛才是我無意中查到的，對吧？」畢京嘿嘿一笑，「商深讓我爸在儀表廠名聲掃地，還敢當面頂撞我爸，父辱子死，不收拾他一頓，我枉為人子。」

「希望商深以後知道了真相不要怪我才好，我真的不是有意套出他的住址的……」

葉十三搖頭嘆息，似乎很是無奈一樣，「你和商深都是我的好朋友，我還是希望你們能握手言和，如果有機會的話，你、我和商深聯手合作，也許還可以開創一番了不起的事業。」

「以後的事情以後再說，現在先讓我出了惡氣我才心裡舒坦。」畢京冷冷一笑，「商深太可惡了，我爸那麼大年紀了，他一點兒也不知道尊重，既沒教養又沒水準。」

正說話時，忽然房門被人推開了，一個女孩施施然闖了進來。正在對商深口誅筆伐的畢京一下沒反應過來，抬頭一看，頓時愣住了。

葉十三正端起一杯茶想要喝下，茶杯舉到嘴邊，目光落在女孩身上的一剎那，也是為之一怔，像被施展了定身法一樣，一動不動了。

女孩一襲白色長裙，長髮，鵝蛋臉，眼睛明淨而清澈，燦若晨星，一張白嫩而紅潤的面孔是溫雅秀美、雍容華貴的端嚴之美。

她長裙及膝，露出了勻稱而健美的小腿，粗細正好，腳上是一雙愛迪達白色運動鞋，再配上一雙白色的襪子，猶如美不勝收的蓮花，亭亭玉立。

「哎呀……」女孩見房間中的葉十三和畢京都不認識，才知道走錯了房間，忙歉意地一笑，「不好意思，走錯房間了。」

說完，轉身就要出去。

「等一下。」

在女孩出現的一瞬間，畢京的眼睛被點亮了，葉十三更是誇張，他端著茶杯忘了喝茶的目瞪口呆的形象，出賣了他內心對女孩驚豔容貌的震撼，見女孩要走，他不想錯過機會，忙站了起來。

「房間可以走錯，但走過路過不要錯過，你生命中遇到的每一個人，都是你應該遇到的人，既然錯了，不如將錯就錯認識一下，也算不辜負上天錯誤的安排，你說呢？」

葉十三口若懸河說了一氣，微微彎腰朝女孩致意，還主動伸出了右手：

「自我介紹一下，我叫葉十三，在外經貿部工作。我很想認識你，請問小姐芳名？」

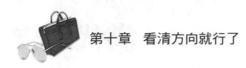

畢京驀然愣住了，不是吧，葉十三剛剛還說對愛情心如死灰了，怎麼一轉眼就對人家女孩一見鍾情了？這也太搞笑了吧？

好吧，他承認女孩是挺漂亮，漂亮之中還有一絲高貴，但他和葉十三大學同學四年，學校和班上漂亮而有氣質的女孩也有不少，沒見葉十三對誰這麼積極主動過，就杜子清也是倒追了葉十三好久，葉十三才和她在一起。

女孩被葉十三的殷勤嚇到了，手足無措地愣了片刻，然後就如受到了驚嚇的小鹿一樣，一下跳到門外，轉身就跑了。

女孩轉身離開的一瞬，她纖細的腰身和渾圓的臀部勾勒出完美的弧度，再加上跳躍之間，修長的美腿勻稱有力，讓人呼吸都不由為之一窒。

直到女孩的身影消失在拐角處，葉十三才不甘心地收回目光，坐回到座位上，悵然若失。

「怎麼了，十三，一見鍾情？」畢京伸出右手在葉十三眼前晃動幾下，一臉戲謔的笑容，「誰剛剛還說真正的愛一輩子只有一次，你真正的愛不是已經遺留在了過去，怎麼，現在又來了？」

葉十三如夢方醒地道：「以前我不相信一見鍾情，現在相信了，剛才的女孩真的讓我動心了。畢京，能不能幫我打聽一下她到底是誰？」

「這怎麼打聽？人海茫茫，以後肯定見都見不到了，世界那麼大，你卻那麼傻。」

畢京哈哈大笑，笑到一半，笑聲戛然而止，用手一指窗外，急急說道：「那個女孩在外面，好像在等人。十三，你又多了一次機會。」

「真的？」

葉十三探身朝窗外一看，果然剛才的白裙女孩站在陽光下，裙裾飛揚，就如夏日的一個夢。

葉十三一拍桌子站了起來，奪門而出。

「有很多人自以為經歷了愛情，其實經歷的只是傷痛。自以為經歷了青春，其實經歷的只是懵懂。」畢京又生發了莫名的感慨。

他向後靠了靠，讓自己坐得更舒服一些，端起茶杯輕輕抿了一口。

「生年不滿百，常懷千歲憂。晝短苦夜長，何不秉燭遊！為樂當及時，何能待來茲？」

一邊背誦古詩一邊搖頭晃腦，流露出自得其樂「我多有才華」的自得神色。

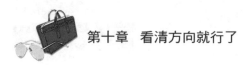

崔涵薇今天約了哥哥和祖縱來「京夜茶館」談事情，說好了十點見面，結果久候不至，她既沒有「有客不來過夜半，閒敲棋子落燈花」的興致，又沒有程門立雪的耐心一直等下去，主要是她下午還有事，就想離開。

不料哥哥打電話來，說他已經訂好了房間，在一〇一號包廂，讓她先到房間等他，他和祖縱馬上就到。如果僅僅是祖縱，她早就不等了，但還有哥哥，她不好駁哥哥的面子，只好答應了。

不知是哥哥記錯還是她聽錯了，推開一〇一房卻發現裡面有人，她才意識到走錯了房間，本來就心煩意亂的她，一時更加慌亂；更讓她沒想到的是，房中的高大英俊男孩一見面就說想認識她，她不由芳心大亂。

儘管對方的英俊帥氣確實讓人只看一眼就怦然心動，但見過太多帥哥的她，和同齡女孩只在意男孩長相不同的是，她更在意男孩的內涵。所以雖然葉十三英氣逼人，讓人心生好感，但她不相信一見鍾情，只相信日久生情。

跑出一〇一號房間，她來到門口，心情漸漸恢復平靜，心中暗笑自己剛才真是太不應該了，不管葉十三是何許人，對方喜歡她既不是錯，又是她的榮幸，有人喜歡總好過沒人喜歡，多一個喜歡者和追求者又有何妨？

就算她不留下名字，也應該大方地拒絕他，而不是落荒而逃，好像她多怕他一樣。

她怕什麼？他又不是壞人，至少從外表上看，他不是壞人。哪裡有這麼英俊帥氣的壞人？

怎麼哥哥和祖縱還不到？崔涵薇看了看手上的歐米茄手錶，微有不耐。

她知道哥哥撮合她和祖縱見面的原因，除了有談生意合作的出發點，還有想讓她和祖縱走近一些的考慮。

可是……她討厭祖縱！

儘管崔涵薇很清楚祖縱對她和哥哥公司的重要性，但她就是不想見到祖縱，誰不知道祖縱是出了名的好色加貪婪，他再有人脈再有錢，她也不屑於和他這樣的富二代打交道。

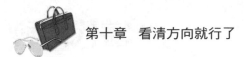

祖縱的名字諧音祖宗，為人真跟祖宗一樣，傲慢也就罷了，還無禮又無知，卻又不時流露出高人一等的優越感，說話時不可一世的語氣以及高高在上的姿態，讓人無比反感。

偏偏哥哥總認為祖縱可以為公司的發展帶來資金和管道，非要安排她和祖縱見面約會。哥哥曾經不只一次暗示過祖縱喜歡她。可是公司又不是她一個人的公司，是哥哥和她共有的，哥哥為什麼非要讓她出面。

哥哥也真是，難道沒有聽說過祖縱的外號叫祖一夜？意思是說祖縱天天在外面流連花叢，和無數女孩過夜，而且都是一夜情，之後就視之如草芥，棄之如敝履，不管女孩有多喜歡他，對他多真心，他絕對不會回頭。

這麼一個只玩弄女性卻不付出真情的人渣，哥哥竟天真地以為祖縱喜歡她是因為真的喜歡她？算了吧，對祖縱來說，她不過是又一個獵豔的目標而已，新鮮感一過，她一樣會被無情地拋棄。

崔涵薇知道哥哥並沒有壞到寧可讓她當祖縱的玩物也要賺祖縱錢的地步，而是以為可以拿她當誘餌，誘惑祖縱上當，等生意談成後，她再轉身離去，祖縱也不能拿她如何。然而哥哥難道不知道祖縱是一頭狼?!

誰見過吃素的狼？誰又見過吃虧上當之後不報復的狼？和祖縱合作，等於是與狼共舞，與虎謀皮。

都說狼心狗肺，狼子野心，是說狼是最沒人性、最不可相信的。

崔涵薇聽說祖縱有一次被人仙人跳，惱羞成怒之下，拿出十萬塊找到對方，男的被他打成重傷，女的被他關了三天三夜之後，瘋了。放眼整個北京，祖縱為非作歹的種種事蹟，圈子裡無人不知，無人不曉。

有錢就可以為所欲為了嗎？為了賺錢就可以不要原則和這種敗類合作了嗎？崔涵薇既想不通又說服不了自己。

怎麼還不來？陽光很大，她朝旁邊站了站，站在樹蔭下。她瞇著眼睛，手搭涼篷朝遠處張望了幾眼，不知為何，腦中忽然閃過一個人影。

……他長得也算有幾分英俊之氣，儘管沒有那個叫葉十三的高大帥氣，卻比葉十三更可愛更純真，尤其是笑起來的時候有幾分靦腆幾分憨厚，嘴角向上一彎，樣子既純樸又真誠。

如果只是純樸又真誠，沒有機智的話，就真成了傻子了。而那人在憨厚的笑容和靦腆的表情下，卻有讓人意想不到的聰明。

沒人喜歡十分憨厚的人，太憨厚就是愚笨了；也沒人喜歡十分精明的人，太精明就是奸詐了。半憨厚半精明是最好的，就是不知道他還有沒有七分看清形勢的眼光，如果有，他以後一定可以成功。

不對，他成不成功和她又有什麼關係？崔涵薇胡思亂想著。是呀，她和他只是萍水相逢，以後能不能再見還不知道，管他以後會有什麼樣的發展，管他和他的女朋友范衛衛會不會有結果。

這麼一想，她心中忽然輕鬆了幾分，但在輕鬆之外，又莫名有幾分失落。

「你好，我又來了，希望沒有嚇到你，沒有讓你覺得討厭。」

正當崔涵薇思緒亂飛時，身後忽然傳來說話聲，著實嚇了她一跳，她如受驚的小鳥一樣跳到一邊，回身一看，原來是剛才走錯房間時問她名字的帥氣男孩，對了，她想起來了，他叫葉十三。

「你……你要怎樣？」

崔涵薇心裡有幾分慌亂和不安，臉色就不太好看，「你不要沒完沒了好不好？我不想認識你，再糾纏下去，我就會討厭你了。」

葉十三卻沒有知難而退，站在距離崔涵薇一米遠的地方，崔涵薇在樹蔭之下，他在陽光之下，雖然被陽光曝曬，卻沒有再向前邁進一步。

「我相信緣分，也相信一見鍾情。我曾經深深地喜歡過一個女孩，可惜她不喜歡我，而且她還走向了一條不歸路，從此以後，我就再也不相信愛情了，直到遇到了你。」

葉十三相信憑他的高大帥氣，再加上一往情深的表情和充滿磁性的聲音，百分之八十以上的女孩都會被他擊中而繳械投降。

「從見到你的第一眼時起，我就知道我一生的意義就在等你出現的一刻。如果你一直不出現，也許我會一直在不相信愛情和無望的等候中虛度一生，還好，上天安排了我們的相遇，所以我想，既然遇到了你，如果錯過，我會一輩子無法心安。」

崔涵薇曾經有短暫的一瞬間被葉十三的表白打動了，但目眩神迷的感覺只是一閃而過，明亮的陽光和輕輕的微風又讓她清醒了。

許多女孩喜歡花言巧語甜言蜜語的男孩，以為他對她說的話是唯一的情話，其實她們不知道的是，一個張口就會說出一大通加了牛奶和蜂蜜情話的男孩，天生就是個泡妞高手，他在一個轉身的時間，就會對另外一個女孩再重複一遍所有的甜言蜜語。

可惜的是，有太多女孩既不理智又沒有分辨能力，往往會被對方的糖衣炮彈攻陷，最終愛上了一個不該愛的人，心裡傷痕累累。

「你一輩子是不是心安和我無關，你現在已經影響到我了，請你離開。」

崔涵薇本來心情就不好，剛剛想起商深時，心情才稍微舒展幾分，卻又被葉十三的出現攪亂了心緒，不由心煩意亂。

葉十三知道他肯定會碰壁，但眼前的女孩太讓他心動了，他抑制不住想要認識她的迫切心情：「請給我一個認識你的機會好嗎？我只想知道你的名字，其他的你不需要告訴我，我會不惜一切代價打聽到你的一切，然後願意

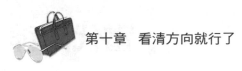

付出一切去贏得你的好感。」

「你誰呀？幹嘛騷擾我的妞？滾一邊去！」

葉十三以為他一番話說完，即使女孩不會給他聯繫方式，至少會告訴他她的名字，不料話才說完，女孩還沒有開口，身後卻傳來一個人囂張又傲慢的聲音。

回頭一看，身後不知何時停了一輛賓士GL，葉十三雖然還買不起車，卻和大多數男人一樣對汽車有著根深蒂固的熱愛，GL是賓士的高級車款，百萬起跳，是名符其實的豪車。

從車上下來兩個人，前面一個長得又瘦又高，就像電線桿一般，還長了一對大大的招風耳和金魚眼，第一眼給人的印象不是醜陋而是滑稽。

招風耳脖子上掛了一條金鏈子，手上戴了塊世界十大名表排名第二的江詩丹頓，身上的衣服更不用說是國內不常見的國際名牌，就連腳上的皮鞋，也是葉十三一年工資也買不起的芬迪。

招風耳圓睜雙眼，一臉怒氣，兇神惡煞一般朝葉十三衝了過來。

招風耳的身後還有一人，唇紅齒白，和招風耳完全是截然相反的類型，他長得不但英俊，還很好看，對，是比英俊更誇張的好看，和女生一樣白細的皮膚。還戴了一副黑框眼鏡，讓他平添幾分書生氣。

葉十三一愣神的工夫，招風耳已經衝到他的面前，他微微一笑，想和招風耳解釋幾句：「你好，我叫葉十三……」

話未說完，招風耳的拳頭已經落了下來，他沒想到招風耳居然上來就打，躲閃不及被打在肩膀上。

別看招風耳長得精瘦，力氣卻不小，一拳打得葉十三疼入骨髓，他後退一步，忘了身後站的正是崔涵薇，一下撞在崔涵薇的身上。

「啊！」崔涵薇沒防備被葉十三一撞，後退兩步，如果不是被身後的合歡樹擋住，就摔倒在地上了。

招風耳勃然大怒，上前一步，一腳踢在葉十三的肚子上，還不解恨，又跟上一腳踢在葉十三的腿上。

「我不打死你我就不是你祖宗！」

葉十三只不過是想表白，做夢也沒想到泡妞會遇到這樣的無妄之災，他被打了一拳又挨了兩腳，心頭怒火也突然爆發，主要是招風耳欺人太甚，連話都不說上來就打，太囂張了，盛怒之下，轉身見地上有根木棍，他拿起木棍就朝招風耳的腦袋上打去。

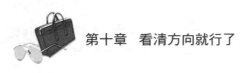

葉十三怒罵：「招風耳、瘦麻桿、醜八怪！」打得招風耳雙手抱頭無力反抗，覺得還不解氣，抬腿一腳踢在招風耳的腰上。

「滾你媽的蛋，你想打死我是吧？來呀，不打死我，你就是孫子！」

葉十三一邊罵一邊又接連打了招風耳幾下，祖縱被打的只有抱頭鼠竄，沒有還手之力，他氣急敗壞地大喊：「你是誰？敢打我，信不信我讓你下半輩子生活不能自理？快住手，停！」

葉十三自然不會聽他的，繼續追打招風耳，不僅是因為招風耳壞了他的好事，更因為招風耳剛才的話刺痛了他的神經——不是吧，這麼漂亮的女孩，怎麼會是招風耳的女朋友？真是一棵好白菜讓豬給拱了。

「住手！」

崔涵柏怎麼也沒想到會出現這樣的意外，他跟在祖縱身後稍微慢了一步，結果就發生祖縱和葉十三大打出手的事，讓他一時頭大不已。如果因為這個人得罪並且惹怒了祖縱，讓他好不容易才請動祖縱，願意和他坐下來談合作的好事告吹的話，他會恨死這個半路上殺出來的程咬金。

崔涵柏跑到葉十三身後，伸手一拉葉十三的肩膀，想要阻止葉十三繼續毆打祖縱，不料打得興起的葉十三看也未看，回手一棍，正打中他的肩膀。

「哎呀！」夏天穿得單薄，崔涵柏被棍子打中，疼得咧嘴，頓時火起，忽然想起車上有武器，轉身從車上拿出一把鐵鎖，又衝了過去，一鎖砸在葉十三的後背上。

葉十三正打得興起，報復心理獲得了極大的滿足，正要乘勝追擊打祖縱一個落花流水之時，不想後背被鐵鎖擊中，一陣巨痛傳來，差點沒有一個踉蹌一頭栽倒！

祖縱見有機可乘，不等他反應過來，立即反擊，回身一腳踢來，他躲閃不及，被踢中了肚子。

肚子是人體最柔軟最不經打的地方，輕輕一擊就會巨痛難忍，葉十三悶哼一聲，雙手捂著肚子蹲在地上，再也沒有力氣站起來了。

剛蹲到地上，後背上又挨了一腳，他一頭朝前栽倒，趴在地上，緊接著無數拳腳落暴風般地落在身上。

「別打了，你們別打了。」

崔涵薇驚呆了，祖縱打人還好說，沒想到平常溫文爾雅的哥哥也會發瘋，她擔心葉十三被打傷了，趕緊上前制止祖縱和哥哥。

「你們都住手，再打就出人命了。」

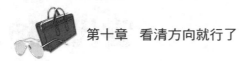

「出人命怕什麼？他這條爛命頂多一百萬擺平，打，往死裡打！」

祖縱剛才被葉十三打得渾身巨痛，對葉十三恨得牙根癢癢，現在有了還手的機會，肯住手才怪。

「再不住手我就走了！」

崔涵薇實在看不下去了，雖然她討厭葉十三過於熱情的殷勤，但也不願意他被打得滿地打滾，更不愛聽到祖縱信口開河的話，說什麼一條命一百萬擺平，人命能用金錢衡量嗎？什麼話！

崔涵薇說走就真的走了。

崔涵柏住了手：「涵薇，你回來。」

祖縱朝地上的葉十三吐了口唾沫，才朝崔涵薇的背影喊道：「小薇，我聽你的，不打這個狗東西了，你別走。」

崔涵薇卻依然頭也不回，繼續大步流星地越走越遠，祖縱的目光中流露出不耐之意，他站立原地不動，一隻腳的腳尖輕輕敲擊著地面。

「涵薇，我是為你出頭，你別不識好歹。我數到三，如果你再不回來，就別怪我翻臉了……」

「涵薇！」崔涵柏急了，他太清楚祖縱的脾氣了，稍有不周之處，祖縱就會發火，再有怠慢之處，就會大發雷霆，不管你對他多好多殷勤，一律會翻臉不認人。

「不要任性，趕緊回來！」

「一！」

祖縱一臉不屑和狂妄地盯著崔涵薇窈窕的背影，心想：哼，敢跟我耍脾氣，你長得再漂亮，也不過我是眾多玩物中的一個，敢在我面前使性子，惹我不高興，看我怎麼收拾你！

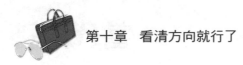

他想到此處，落在崔涵薇身上的目光就多了幾分玩味和褻狎之意，他有意拉長了聲調：

「二……」

崔涵薇的腳步仍然沒有要停卜的跡象，崔涵柏急得跺腳，追了過去：

「涵薇，你站住！你太不懂事，太讓我失望了……」

才跑出幾步，祖縱已經數到了「三」，只聽祖縱陰陽怪氣地笑道：「行了，涵柏，今天就這樣吧，我也沒有興趣了，回頭見。」

話一說完，祖縱轉身就走。

他要的就是欲擒故縱，相信崔涵柏肯定會不惜一切代價留住他，這樣他就可以比預期更快地拿下崔涵薇，好好地在床上蹂躪崔涵薇一番。敢跟我叫板，哼，讓你嘗嘗祖一夜的厲害。

不料才一回頭，眼前一團黑呼呼的東西呼嘯而至，由於來得過快而且距離得很近，他連反應的機會都沒有就被正中面門。

祖縱感覺鼻子一酸，眼淚頓時飆流了出來。他怪叫一聲蹲在地上，雙手捂臉，哇哇直叫：「誰扔我？誰拿臭鞋扔我？我要弄死你。」

狂妄的人永遠不懂好漢不吃眼前虧的道理，不管什麼時候都會擺出一副高高在上的姿態，如果韓信和祖縱一樣，在受胯下之辱的時候拔劍殺了那個屠夫，就不會有以後攻無不克戰無不勝打敗項羽的淮陰侯了。可惜的是，祖縱從來不讀歷史。

祖縱話音剛落，一隻沒穿鞋的大腳迎面踢來，正中祖縱的嘴巴。祖縱「啊」的一聲慘叫，仰面倒在地上，再也無力起來了。

崔涵柏去追崔涵薇，跑出了十幾米開外，離得太遠，想回來幫忙也是鞭長莫及，只能眼睜睜看著一個長得其醜無比的人扶起葉十三奪路而逃。

祖縱被打，崔涵柏也無心再追崔涵薇，忙返回來扶起祖縱。祖縱氣得暴跳如雷，揉了半天眼睛才看清東西，開車要去追葉十三，不料發動車子才發現，四個輪胎不知道什麼時候全沒氣了。再一看，每個輪胎上面都有一個被刀扎破的口子，八成是剛才的醜八怪劃破的。

夠陰險，雖然生氣，崔涵柏卻不得不佩服葉十三的同黨真有水準，居然在這麼短的時間內先是扎破輪胎，又趁他離開的間隙偷襲了祖縱，然後並救走葉十三，時間拿捏得剛剛好，而且還想好了退路，計算好每一個環節，不簡單，真不簡單。以後有機會認識一下也是好事。

崔涵柏望著葉十三和他旁邊的小個子消失在遠處的拐角處，他沒有再追，而是暗暗一笑，祖縱平常囂張慣了，圈子裡的人都讓他三分，沒想到今天被一個無名小卒打得這麼慘，而且對方看上去也是二十多歲的樣子，傳出去，祖縱的臉都丟光了。

「此仇不報，我就是孫子！」祖縱狠狠地一拍方向盤，怒不可遏，「涵柏，你幫我查到剛才那兩個人是誰，我就給你的公司投資三百萬！」

崔涵柏大喜過望，如果不用妹妹出面就可以讓祖縱投資公司，他自然求之不得。他也不願意讓妹妹被祖縱糟蹋，誰不知道祖一夜是個徹頭徹尾的色狼，萬一妹妹不慎受到什麼傷害，後悔都來不及。

他本以為出了這檔意外，公司和祖縱的合作泡湯了，沒想到突然間事情又有了轉機，他強壓住心中的興奮，當即拿出電話打給崔涵薇。

「涵薇，剛才和你搭訕的男人叫什麼名字，你知道嗎？」根據他的經驗，向妹妹搭訕的男孩都會自報家門，以便妹妹記住他們。

「葉十三，說是在外經貿部工作，怎麼了？」崔涵薇接到崔涵柏的電話，沒有多想，直接就說了出來。

「沒什麼，你先回去吧。對了，下周去深圳出差，我可能去不了了，你自己去，行嗎？」

本來下周崔涵柏要和崔涵薇一起去深圳出差談一筆生意，現在他突然改變主意，決定要利用下禮拜的時間幫祖縱擺平今天的事。

「應該……沒問題吧？」崔涵薇不知道哥哥為什麼突然變卦，她不是十分自信地說道，「一個人出差倒沒什麼，就是到時和對方談判，我怕我不夠機智。」

「談判的事，到時再說好了，也未必一定就要和他們合作，只當一個備選。」如果有了祖縱的資金支持，和深圳的生意成或不成就不重要了，當然，成了更好，不成也不會有太大的損失。

「好吧。」

崔涵薇一個人走在人流如織的街上，心事重重，也就沒有多想哥哥電話的內容。

收起電話，她背著雙手踮著腳尖邊走邊玩，思緒又開始浮想聯翩起來。

葉十三、商深……不知為何，她總是有意無意地去比較葉十三和商深。雖然葉十三比商深看上去更高大英俊，但她還是更喜歡商深。不僅僅因為商深長得更耐看，而且商深不油嘴滑舌，不會對只見第一面的女孩大獻殷勤。

不知道還有沒有機會再見到商深？也不知道商深現在正在做什麼？崔涵薇一時胡思亂想，想得入神了。

商深正在賓館的房間十指如飛地敲擊鍵盤。

答應了張總和仇總要用一個晚上的時間解決ＢＩＯＳ啟動故障問題，說到就要做到。

商深已經想好了解決方案，不出意外的話，半個晚上就能搞定，但萬一出現什麼意外呢？

一開始進展還算順利，如果按照現在的速度進行下去的話，甚至不用到晚上就可以完工了。

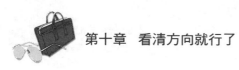

但進展到一半的時候，商深遇到了難題，和他原先設想有出入的是，有個地方似乎和他猜測的錯誤不太符合，要更複雜一些。雖然有出入，好在不用重來，只比預定時間再多花一點時間就能解決意外的故障。

看看時間，已經快十二點了，傳呼機響了，是范衛衛的留言。

「我不回去了，你自己吃吧。乖，不許亂跑，不許看美女，更不許不想我，聽到沒有？」

商深想起樓下不遠處有一家麵館，乾脆去吃碗麵條解決溫飽問題，然後再回來繼續幹活。

剛一起身，傳來了敲門聲。

會是誰呢？商深沒有多想就去開門，門一打開，他愣住了，門口站著一人，一臉笑容，手中還拎了堆食物。

「我剛才去八達總部辦事，正好路過，一想估計你也沒有吃飯，就自作主張買了麵條和便當，歡不歡迎？」

馬朵一揚手中的塑膠袋，笑得很開心。

「歡迎，熱烈歡迎。」商深哈哈一笑，摸摸肚子，「馬哥來得真是太及時了，我正要出去吃飯，再晚一步，我就下樓了。」

「我一向是及時雨。」馬朵推門進來，打量了一下房間，視線落在ＩＢＭ筆記型電腦上，頓時亮了，「最新款的筆電，我還沒有見過呢。怎麼樣，好用不？」

「當然好用。」商深問道，「馬哥也喜歡電腦？」

「廢話，不喜歡電腦怎麼會喜歡互聯網？電腦是互聯網的基礎。不過喜歡歸喜歡，對於電腦的配置和參數一概不懂，我是十足的電腦盲。」

馬朵哈哈一笑，打了商深一拳，放下手中的食物，雙手捧起了筆電，前後端詳了一番，嘖嘖連聲。

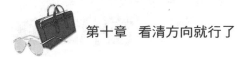

「不愧是業內第一，每一個細節都很精細，以後國內不知道有沒有可以和ＩＢＭ媲美的電腦廠家？中國的互聯網想要發展壯大，必須在硬體上跟上才行，從國家層面來說，硬體就是網路的鋪設和普及；對硬體廠家來說，就是電腦的製造和銷售。中國錯過了跟上世界工業化潮流的最佳時機，現在的互聯網時代，中國和世界起點相同，是中國最有可能引領世界潮流成為世界第一的行業。」

馬朵不愧是馬朵，隨便幾句話就很有煽動性和感染力，讓商深聽了熱血沸騰。本來商深對互聯網的發展雖然有一定的信心，卻還沒有系統地歸納總歸，馬朵的一番話讓他頓時有茅塞頓開之感。

「現在國產品牌的電腦廠家有清華同方、北大方正和聯想，還有七喜、實達等品牌，從實力和影響力來看，清華同方和北大方正還有聯想以後有可能成為最有影響力的品牌。」商深接過馬朵的話，「相比之下，我更看好聯想的未來，去年聯想賣出了四十三萬台電腦，很了不起。」

「說出來你也許不相信，我不但是電腦硬體上的電腦盲，對互聯網技術也是一竅不通，哈哈。」馬朵自嘲地大笑，「我的團隊許多人都說我是典型的外行領導內行，我就說了，我雖然是技術上的外行，但我是發展趨勢上的內行。我不需要懂太多的電腦技術，也不需要會編寫程式，我只需要看清方向，告訴你們向哪個方向走就行了，至於怎麼走，就是你們的事情了。」

商深頓時對馬朵肅然起敬！

之前他就對馬朵充滿了強烈的好奇心，很想認識馬朵，現在認識了馬朵，果然沒有讓他失望，這個個子不高、其貌不揚的男人，渾身上下散發的魅力和感染力遠超大多數人，而且口才出眾，思維敏捷，視角獨特，在他身上，有太多值得他學習的東西。

最主要的是，商深深知作為技術出身的他有太多的局限性，技術可以成就一個人縱橫天下的才能，也可以束縛一個人思維的寬度和廣度。就如他懂硬體，會軟體，甚至會編寫程式，但由於他太專注於一件事物而被局限在其中，從而無法做到高瞻遠矚。

古人說得好，君子不器，一個人如果只會做一件具體的事情，比如程式設計，哪怕編得再好，再是業內奇才，甚至是第一程式師，也終究只是一個器皿，是形而下的工具，而不是形而上的大道。

真正引領一個行業未來方向的掌舵者，基本上都不是技術出身，他也許不會程式設計，甚至不懂電腦，只會最基本的簡單操作，但並不妨礙他發現ＩＴ行業的發展趨勢，從而先人一步地做出正確的決定。

除了擁有過人的眼光之外，可以團結大多數人，說服大多數人，讓許多懂技術會管理的人才為他所用，這樣的人，才是真正的人生贏家。

商深再一次被馬朵的思維影響了。

請續看《當代商神》2 分道揚鑣

# 當代商神 1 脫穎而出

作者：何常在
發行人：陳曉林
出版所：風雲時代出版股份有限公司
地址：10576台北市民生東路五段178號7樓之3
電話：(02) 2756-0949
傳真：(02) 2765-3799
執行主編：朱墨菲
美術設計：吳宗潔
行銷企劃：林安莉
業務總監：張瑋鳳

初版日期：2018年8月
版權授權：閱文集團
ISBN：978-986-352-607-0

風雲書網：http://www.eastbooks.com.tw
官方部落格：http://eastbooks.pixnet.net/blog
Facebook：http://www.facebook.com/h7560949
E-mail：h7560949@ms15.hinet.net
劃撥帳號：12043291
戶名：風雲時代出版股份有限公司

風雲發行所：33373桃園市龜山區公西村2鄰復興街304巷96號
電話：(03) 318-1378
傳真：(03) 318-1378
法律顧問：永然法律事務所 李永然律師
北辰著作權事務所 蕭雄淋律師

行政院新聞局局版台業字第3595號 營利事業統一編號22759935


定價：280元　特惠價：199元　

國家圖書館出版品預行編目資料

當代商神 / 何常在著. -- 初版. -- 臺北市：風雲時代,
2018.07-　冊；　公分

ISBN 978-986-352-607-0（第1冊；平裝）

857.7　　107007803